한 밤 의 　시 간 표

MIDNIGHT

정보라 연작소설집

영국·미국 출간 기념 리미티드 스페셜 에디션

한밤의 시간표

퍼플레인

TIMETABLE

차 례

여기 들어오시면

안 됩니다

"여기 들어오시면 안 됩니다."

숙淑이 계단을 걸어 내려가 주차장으로 나가는 문을 열자 문 앞에 서 있던 직원이 말했다.

직원은 평범했다. 평범한 체격에 평범한 어두운색 정장 차림이었고 목소리도 말투도 평범했다. 주차장으로 나가는 문 앞을 막아서지 않고 길에서 마주쳤다면 돌아서자마자 잊어버려 한 시간 뒤에는 생각도 나지 않을, 그런 특징 없는 사람이었다.

"특징이 없는 게 아니고, 평범하다는 게 특징이었어."

숙이 나중에 말했다. 가슴에 달린 명찰에 하필 계단실 조명이 비쳐 번쩍거려 이름을 읽을 수 없었다는 게 단 한 가지 특이하다면 특이한 점이었다.

그러나 그때 숙은 직원의 평범함에 대해 깊이 생각하지 않았다. 평범함이란 본래 그런 것이기 때문이다. 그래서 숙은 물었다.

"왜요? 무슨 일 있어요?"

숙은 연구소에서 오래 일했고 근무가 끝나면 언제나 계단을 통해 주차장으로 내려와 차를 몰고 퇴근했다. 지하 주차장으로 나가는 길이 을씨년스럽다고 생각한 적은 많았지만 누군가 숙의 앞을 막아선 것은 이번이 처음이었다. 그래서 숙은 조금 놀랐고 놀란 다음에는 걱정하기 시작했다.

"한 층 올라가십시오."

정체 모를 직원이 숙의 질문에 대답하지 않고 평범한 어조로 안내했다.

"차 가져가야 하는데요."

숙이 항의했다. 한 층 올라가라는 직원의 말을 숙은 지상층 입구를 통해 밖으로 나가서 연구소 부지를 떠나라는 말로 이해했다. 지상층 입구를 통해 나가면 주변은 허허벌판이었다. 연구소 부근에는 대중교통이 다니지 않았다. 숙의 집까지는 연구소에서 걸어갈 수 있는 거리가 아니었다. 지하 주차장에 세워놓은 차를 가져가지 않으면 숙은 퇴근을 할 수 없었다.

"한 층 올라가십시오."

직원이 반복했다.

숙은 잠시 고민하다가 포기했다. 이 사람한테 더 이상 물어봐도 숙이 원하는 설명이나 답변은 내놓지 않을 것이 분명했다. '청소 아줌마'에게는 아무도 아무것도 설명해주지 않는다. '아줌마'로 오래 살아온 숙은 경험을 통해 그 사실을 잘 알고 있었다. 그래서 숙은 주차장으로 나가는 문을 놓고 돌아서서 계단을 올라가기 시작했다. 한 층 올라가서 복도 끝으로 가서 엘리베이터를 타고 반대편으로 내려올 생각이었다.

숙이 잡았던 문을 놓고 계단을 올라가기 시작하자 등 뒤에서 주차장 문이 서서히 저절로 닫혔다. 숙이 계단을 두 개쯤 올라갔을 때 문 닫히는 소리가 텅, 하고 울렸다. 숙은 그 공허한 소리에 자기도 모르게 몸을 떨었다. 그리고 걸음을 재촉하여 서둘러 계단을 마저 올라갔다. 한 층 올라가서 계단실을 나가는 문을 열었다.

그리고 숙은 주차장으로 나왔다.

숙은 어리둥절한 채 한동안 주차장을 둘러보았다. 오른쪽 구석에 저녁에 출근할 때 세워두었던 숙의 낡아빠진 하얀 차가 보였다.

숙은 뒤를 돌아보았다. 지난 9년 동안 언제나 지나다녔던 계단실이었다. 숙이 몸을 움직이자 꺼졌던 조명이 다시 켜졌다. 그 조명등 아래를 숙은 몇 번이나 다시 확인했다.

내려가는 길은 없었다. 연구소 주차장은 지하 1층뿐이었다.

야간경비원 중에 이상한 일을 겪은 사람은 없냐는 내 질문에 선배가 해준 이야기였다.

"언니가 여기서 제일 오래 일했는데, 나가기 직전에 해준 얘기예요."

선배가 말했다.

"그 일 때문에 나간 거예요?"

내가 물었다. 선배가 대답했다.

"아뇨. 애들 때문에요."

평범한 이유였다. 숙은 남편 없이 혼자 힘으로 아이 셋을 키웠다. 셋째는 태어날 때부터 병이 있었다. 남편이 남긴 교통사고 사망보험금은 네 식구 생활비와 셋째 입원비, 간병비, 검사비, 약값으로 얼마 지나지 않아 흐물흐물 사라졌다. 그래서 숙은 낮에는 식당에서 일하고 밤에는 연구소에서 야간경비를 섰다. 그렇게 일해서 첫째와 둘째를 좋은 학교에 보내고 셋째의 수술을 할 수 있을 정도로 돈을 모았다. 그래서 숙은 아이들을 데리고 학교와 병원이 있는 도시로 이사하기 위해 새로운 일자리를 찾아 연구소를 그만둔 것이다.

"밤에 애들이랑 같이 집에서 푹 자는 게 꿈이라고 했어요."

선배가 말했다.

"잘됐네요."

내가 말했다. 알지도 못하는 사람이지만 아이 셋을 혼자 키우는데 잘돼서 그만됐다고 하니 왠지 흐뭇했다.

"언니도 말을 안 해서 그렇지, 여러 가지 일들이 더 있었겠죠."

선배가 말했다.

"그 번들거리는 사람 나도 봤거든요."

"봤어요?"

나도 모르게 되묻고 나서 나는 곧바로 후회했다.

"죄송합니다."

내가 사과했다. 선배는 피식 웃었다.

"처음엔 나도 이게 뭔가 했어요. '본다'는 게 뭔지 그때 처음 알았거든요."

선배가 본 것은 그냥 눈앞의 희끄무레한 얼룩이었다. 그 흰색이 강해지기도 하고 약해지기도 하고 얼룩이 커지기도 하고 작아지기도 하다가 사라졌다고 했다.

"계단을 올라가다가 그걸 봤어요."

"그래서 어떻게 했어요?"

내가 흥미진진하게 물었다. 선배는 간단하게 대답했다.

"그냥 돌아서서 내려왔어요. 어떻게 하겠어요."

나는 조금 실망했다. 선배가 진지하게 충고했다.

"그럴 때 반응을 하면 안 돼요. 괜히 만지려고 해도 안 되고요. '거기 누구 있어요?' 이런 거 절대로 하면 안 돼요. 뭔가 존재한다는 걸 인정하면 그때부터 머릿속에서 그 '뭔가'가 만들어져서 혼자서 무럭무럭 자라나요. 스스로 홀리고 혼자서 씌는 거예요."

"선배는 그런 걸 어떻게 알아요?"

내가 감탄했다.

"왜요, 눈이 안 보이니까 그 대신에 무슨 초능력이라도 있는 것 같아서요?"

선배가 다시 피식 웃었다. 나는 또다시 당황했다.

"아니, 그런 뜻이 아니라……."

"안 보이니까 이런 데서 이런 일 할 수 있는 거죠."

선배가 설명했다.

"눈 보이는 사람들 그래서 여기서 보통 사흘도 못 버텨요. 없는 걸 만들어내서 혼자서 막 보고 듣고 그러더라고요. 그러면 그게 진짜로 생겨나서 따라오는 거예요. 원래 없던 건데."

선배는 번들거리는 것을 '보았던' 때의 이야기로 돌아갔다. 계단을 올라가고 있었는데 눈앞에 큼지막한 얼룩이 나타났다. 선배는 그때까지 사물을 본 적이 없었다. 그러므로 눈앞에 없던 형체가 갑자기 보인다는 경험이 어떤 것인지 이해하지 못했다. 그것은 조금 놀랍기는 했지만 아프거나 두려운 감각은 아니었다. 그래서 선배는 잠시 생각하다가 무시하기로 했다. 자세한 생각은 방에 돌아가서 해도 된다.

그렇게 결정하고 선배가 층계를 계속 올라가려 했을 때 갑자기 계단의 숫자가 헷갈리기 시작했다. 아래층에서부터 계단을 여덟 단, 층계참을 돌아서 다시 여덟 단 올라간다. 그런데 위층까지 몇 단이 남았지? 내가 지금 계단을 네 개 올라왔던가? 다섯 개?

생각하는 사이에 형체가 좀 더 커지고 하얀색이 더 밝아졌다. 이것은 충격적인 경험이었다. 그리고 무서웠다.

선배는 지팡이를 가지고 있지 않았다. 연구소 내부 구조에 익숙해진 다음부터는 안에서 돌아다닐 때 지팡이를 가지고 다니지 않았다. 선배는 이날 처음으로 방에 지팡이를 두고 나온 것을 몹시 후회했다.

선배는 뒷걸음질 치기 시작했다. 뒤로 걸어 계단을 내려가는 일은 이전에 해본 적이 없었다. 그래서 넘어지지 않기 위해 엎드려서 손으로 더듬으며 기어 내려갔다. 건물 안에 다른 사람은 없었고 아침이 올 때까지 아무도 없을 것이었다. 선배는 혼자였다. 순찰할 때는 전화기도 가지고 다니지 않았다. 계단에서 굴러떨어지면 그걸로 끝이다.

두세 단을 그렇게 뒷걸음질로 기어 내려왔을 때 선배는 다시 혼란스러워지기 시작했다. 손으로 두 단을 만졌는데 발로는 세 단을 내려간 것 같았다. 아니면 발로 세 단 내려갔는데 손으로 세 번째 단을 붙잡고 두 단만 내려왔다고 헤아린 걸까? 그때 얼룩처럼 작아졌던 형체가 다시 새하얗게 커졌다.

선배는 계단 수를 세는 것을 포기했다. 뒷걸음질로 최대한 빨리 나머지 계단을 기어 내려갔다.

발이 층계참에 닿았다. 무릎이 평평한 공간에 부딪혔다. 이어서 손이 같은 평면을 만졌다. 선배는 손으로 더듬어 자신의 무릎과 발을 만졌다. 손과 발이 각각 다른 단을 짚는 과정이 끝나고 평평한 바닥 위에 안정되게 내려와 있다는 사실을 확인했다. 그리고 일어서기 위해 주변을 더듬어 벽을 찾았다.

단단하지 않은 것, 벽이 아닌 것이 손에 잡혔다. 사람의 손이었다. 그 손은 따뜻하고 부드럽고 창백했으며 가늘고 생기 있는 손가락이 의지를 가지고 선배의 손을 움켜쥐었다. 선배는 잡힌 손을 뿌리쳤다. 비명을 지르기 전에 손은 사라졌다. 다시 주위를 더듬었을 때는 차갑고 딱딱한 벽만 만져졌다.

"그래서 어떻게 했어요?"

숨죽여 듣고 있다가 내가 물었다.

"방에 올라가서 잤어요."

선배가 짧게 대답했다.

"그게 다예요?"

내가 실망했다.

선배는 한동안 벽에 손을 짚은 채 그대로 서 있었다. 그러다가 숨을 고르고 계단을 오르기 시작했다. 손과 발이 각각 계단을 짚으면 더욱 혼란스러워질 뿐이라는 사실을 확실히 알았으므로 이번에는 언제나 하듯이 손으로 벽을 짚고 발끝으로는 계단이 끝나고 그 위의 다음 계단이 시작되는 곳을 한 단 한 단 만져서 확인하며 올라갔다.

하나, 둘, 셋, 넷, 다섯, 여섯, 일곱.

마지막 여덟 번째 계단 앞에서 선배는 망설였다. 다시 따뜻한 손이 자신을 붙잡거나, 하얗고 커다란 형체가 보이지 않는 눈앞에 나타나거나.

— 한 층 올라가십시오.

귀 옆에서 사람의 목소리가 속삭였다.

선배는 계단을 뛰어올라 전속력으로 달렸다. 무작정 달리다가 복도 반대편 끝 막다른 벽에 온 힘을 다해 부딪쳤다. 그제야 선배는 멈추어 섰다. 벽을 손으로 더듬어 복도 끝 자기 방의 문을 찾아냈다. 안으로 뛰어들어 문을 닫고 침대에 몸을 던졌다.

"근데 나중에 나와서 만져보고 알았는데, 벽이 딱딱하더라고요."

선배가 잠시 말없이 뭔가 생각한 끝에 중얼거렸다. 나는 이해하지 못했다.

"벽이 왜요?"

벽은 원래 딱딱하다. 이곳은 연구소이지 병원이 아니다. 벽에 쿠션을 설치하지 않는다. 최소한 내가 본 벽은 모두 평범했다.

선배가 잠시 망설이다 말했다.

"내가 부딪쳤을 때는 부드러웠거든요."

선배도 나도 한동안 침묵을 지켰다.

"그러면, 있는 거잖아요?"

"뭐가요?"

선배가 되물었다. 알면서 짐짓 다시 묻는 것이 분명했다. 내가 따졌다.

"없는 걸 만들어낸 게 아니잖아요, 보고 만지고 목소리도 들었으면."

"그걸 인정하면 안 돼요."

선배가 조용히 말했다.

"그냥 없는 척, 모르는 척해야 해요. 그래야 우리가 계속 일하고 살 수 있어요."

그러고 선배는 '언니'가 그만둔 뒤에 일했던 다른 사람의 이야기를 들려주었다.

찬纂은 성 소수자이며, 환각 증상 때문에 치료를 받고 있었다. 근무 첫날 찬은 가장 먼저 이 두 가지 사실을 선배에게 알렸다. 찬은 매우 어린 나이에 자신이 성 소수자라는 사실을 깨달았다. 한편 찬의 가족은 어떤 종교를 무비판적으로 매우 강하게 믿는 사람들이었다. 찬의 가족이 따르는 종교단체는 세상 모든 존재 사이에 엄격한 위계질서를 설정했고, 자신들의 교리가 무작위로 정한 그 위계질서에 의거하여 차별과 혐오를 설파하기를 좋아했다. 찬은 자신이 타고난 정체성과 그 정체성을 부정하는 교리 사이에서 고민하다 종교 지도자에게 고민을 털어놓았다. 종교 지도자는 상담의 모든 윤리적, 법적 원칙을 무시하고 상담 내용을 찬의 가족에게 재빨리 전달했다. 찬의 가족은 종교 지도자의 제안에 따라 당시 미성년자였던 찬을 어떤 조직에 강제로 들여보냈다. 그곳은 이른바 '탈동성애' '치료'를 한다는 주장을 펼치는 근본주의 종교집단이었다. 성적 지향은 질병이 아니며 인간이 자기의 자아에서 '탈출'하는 것은 불가능하므로 '탈동성애'도 '치료'도 모두 거짓말이었다.

그곳에서 찬은 다양한 종류의 폭력과 인권유린을 매우 긴 시간 동안 경험했다. 그 결과 찬은 신체적 부상을 입은 데 더하여 정신적 외상을 안고 살아가게 되었다. 그러나 그 덕분에 군대에 가지 않았고 환각을 무시하는 데 매우 익숙해졌으므로 꼭 나쁜 일은 아니라고 찬은 말했다.

"나쁜 일인데요."

선배가 진지하게 대답했다.

"고소나 고발 같은 건 생각해보신 적 없어요?"

찬은 고개를 저었다가 선배가 자신을 볼 수 없다는 사실을 깨닫고 말했다.

"굳이 지금 와서 엮이기도 싫고 사실 생각도 하기 싫어요."

선배는 수긍했다. 그리고 일 얘기로 돌아와서 선배는 일반적인 사항들을 안내해주었다.

"근무 중에는 전화기 꺼놓고 웬만하면 가지고 다니지 마시구요. 혹시 근무 중 사고가 생기거나 정말 안 되겠다 싶을 때는 벽에 걸린 빨간색 비상 전화기를 사용하세요."

찬은 주섬주섬 주머니에서 전화기를 꺼내 서둘러 전원을 껐다. 전원 끈 전화기를 다시 주머니에 넣으며 찬이 물었다.

"연구소 기밀…… 같은 게 유출될까 봐 금지하는 건가요?"

"아뇨. 귀신이 통신기기를 좋아하거든요."

선배가 대답했다.

"전원 꺼놔도 전화 오는 일이 가끔 있어요."

찬은 아무 대답도 하지 못했다. 선배는 찬의 표정을 볼 수 없었으므로 그대로 말을 이었다.

"여기서 일하시는 동안은 일하지 않을 때도 어두운 데서 혼자 있을 때 전화 오면 받지 마세요."

선배는 나에게도 똑같은 내용을 안내해주었다. 내 표정이 변하는 것을 볼 수 없었겠지만 아마 혼자 속으로 재미있어했을 거라고 나는 확신한다.

"순찰이라고 해도 그냥 방마다 문 잠겨 있는지만 확인하시면 돼요. 무슨 소리가 들려도 뒤돌아보지 마시구요."

이렇게 말하고 선배는 잠시 기다렸다가 갑자기 말했다.

"뒤돌아보지 말라니까요."

나는 고개를 돌리려다가 흠칫 놀라며 멈추었다. 선배는 웃었다.

찬은 놀라는 대신 차분하게 말했다.

"안 돌아봤는데요."

찬은 이런 일에 훈련이 되어 익숙했다. 환각의 종류에는 여러 가지가 있다. 존재하지 않는 것이 눈에 보이는 환시, 허공

속의 목소리가 귀에 들리는 환청은 영화나 드라마 등에 가끔 등장해서 환각 증세를 겪지 않는 사람들도 익숙하게 알고 있다. 그러나 존재하지 않는 냄새를 맡는 환취나 세상에 없는 것의 촉감을 느끼는 환촉도 환각에 속한다는 사실은 일반적으로 알려져 있지 않다.

몸은 인간이 세상 안에 존재하고 세상과 관계 맺는 근원적이면서 유일한 도구이다. 찬의 몸은 모든 감각을 사용하여 찬을 속였다. 찬은 그것이 세상에서 오로지 자신만이 겪는 일이며 그 이유는 자신이 잘못되고 망가진 존재이기 때문이고 그러므로 해결책도 탈출구도 있을 수 없다고 믿었다. 사실 찬은 그러한 절망적인 명제들을 강제로 주입당했고 그렇게 믿도록 세뇌되었다. 절망과 혼란이 극으로 치달아 견딜 수 없는 상황에 도달했을 때 찬은 단체를 탈출하여 각却을 찾아갔다.

각은 찬과 찬의 가족이 따르던 종교단체에 잠시 속해 있었던 사람이었다. 찬과 마찬가지로 각의 가족도 그 단체와 그들의 교리를 무비판적으로 신뢰했다. 각이 사라진 뒤에 종교단체 구성원들은 그가 악의 현신이며 구제받을 길 없는 타락하고 더러운 삶을 선택하여 종교와 가족을 버렸다는 이야기들을 소리 죽여 수군거렸다. 찬의 가족이 찬을 비난할 때마다 각과 같은 인간이라 욕했기 때문에 찬은 각을 똑똑히 기억하고 있었다.

각은 찬을 병원에 데려갔다. 그곳에서 찬은 구원을 발견했다. 자신이 겪는 지속적인 혼란에 이름이 있고 정해진 대처 방법이 있으며 자신의 말을 진지하게 들어주고 함께 해결책을 모색해주는 전문가가 존재한다는 사실을 뒤늦게 발견하고 찬은 말로 설명할 수 없는 안도감을 느꼈다.

각은 찬이 '치료에 실패'한 '잘못된 존재'가 아니라 폭행, 감금, 협박 등 명확한 법률의 언어로 설명할 수 있는 실제적인 피해를 오래 경험하여 깊이 상처 입었을 뿐이라는 사실을 차근차근 시간을 들여 설명했다. 찬은 각의 말에 귀를 기울이며 조금씩 천천히 자신이 겪은 일들을 이해하기 시작했다. 그런 뒤에 찬은 비로소 상처 속에 잃어버린 자기 삶의 일부를 애도하며 좀 더 자신을 잘 돌보는 다정한 미래를 구축하기 위해 나아갈 수 있게 되었다. 귀신 들린 물건들을 모아놓은 연구소에서 한밤의 시간표에 따라 존재하거나 존재하지 않는 복도를 돌며 반복적으로 잠긴 문들을 확인하는 이 일은 찬이 이른바 '정상적'이라는 사람들과 지나치게 접촉하지 않으면서도 경제활동을 하고, 아주 최소한이나마 사회활동을 하고, 일과를 정해 움직이고, 생활의 규칙과 질서를 조금씩 다시 정리해나가는 첫걸음이었다.

각은 반대했다. 연구소와 연구소 주변 환경이 물리적으로 고립되어 있다는 사실, 연구소 업무의 내용을 찬이 명확하게 설명하지 못한다는 사실을 각은 매우 걱정했다. 찬과 논쟁하다가 각은 찬에게 입 맞추려 했다. 찬은 각을 뿌리치고 뛰어나왔다. 각의 입맞춤을 온몸으로 받아들이고 싶었다는 사실, 각의 말 없는 고백이 진심으로 기뻤다는 사실을 찬은 스스로 인정할 수 없었다. 찬은 각의 전화를 받지 않았고 각의 집에 돌아가지 않았다.

찬은 연구소에 출근해 전화기를 끄고 낡아빠진 중고 오토바이 적재함을 열어 전화기를 집어넣고 손전등을 꺼내고 적재함을 잠그고 1층으로 올라갔다. 직원증을 찍고 들어가 1층부터 천천히 순찰하기 시작했다. 가끔 퇴근하는 다른 직원들과 마주치면 인사를 했다. 저녁 8시가 지나면 건물의 불을 껐다. 조명을 소등한 뒤에, 혹은 소등하기 전에 마주치는 직원들 중 몇 명이나 진짜 사람이고 몇 명이 실제로는 없는 존재인지 찬은 굳이 생각하거나 구분하려 하지 않았다. 그저 계단을 한 번에 한 단씩 조심스레 올라가서 복도의 모든 문이 잠겨 있는지 손잡이를 하나씩 당겨본 뒤 맨 위층의 직원실로 올라가서 차를 한 잔 마시고 그곳에서 선배를 마주치면 인사를 하고 잡담을 조금 했다. 그리고 정해진 시간이 되면 일어나서 직원실을 나와 다시 한 층씩 복도를 돌며 문손잡이를 조심스럽게 하나씩 당겨보았다. 문손잡이의 둥글고 차가운 감촉은 변하지 않았고 문은 언제나 단단히 잠겨 있었으며 검은 복도에서는 아무것도 보이지 않고 아무 소리도 들리지 않고 아무런 수상한 냄새도 나지 않았다. 그래서 찬은 어둠에 싸인 복도를 점차 두려움이 아닌 안정과 질서의 장소로 여기게 되었다. 그곳이 '정상적'인 장소가 아니었기 때문에 찬은 그곳에서만큼은 그 누구보다도 정상적이었다. 그리고 그곳이 정상적인 장소가 아니었기 때문에 찬은 정상적이지 않은 경험을 결국 마주하게 되었다.

"이상한 일이 아주 없었던 건 아니에요."

찬이 나중에 말해주었다고 선배가 말했다.

"그렇지만 제 인생은 항상 이상했으니까……."

찬은 머쓱하게 웃었다.

예를 들면 찬은 문이 닫힌 연구실 안에서 새가 빽빽 울며 푸드덕거리는 소리를 들은 적이 있었다. 며칠 동안 밤에 순찰을 돌 때마다 찬이 다가가면 새가 울고 푸드덕거렸다. 찬은 이 소리가 환청인지 아니면 정말로 문 닫힌 연구실 안에 새가 갇혀 있는 것인지 판단할 수 없었다. 그래서 찬은 선배의 충고를 어기고 어느 날 순찰을 돌 때 전화기를 가져갔다. 문

닫힌 연구실 앞에 섰을 때 또다시 새가 울면서 푸드덕거리는 소리가 들렸다. 찬은 그 소리를 녹음했다. 집에 가서 녹음 파일을 재생했을 때는 아무 소리도 나지 않았다. 그래서 찬은 새 소리가 환청이라고 결론 내리고 안심했다.

"환청은 아니에요."

나중에 찬이 선배에게 지나가는 이야기처럼 말했을 때 선배가 설명해주었다.

"그 안에 새가 있어요. 하지만 살아 있는 새가 아니니까, 문을 열지 않아서 다행이에요."

"……네."

찬은 잠시 생각한 뒤에 이렇게 대답했다. 그리고 그 뒤로 새 이야기는 다시 꺼내지 않았다.

일을 마치면 찬은 1층으로 내려가 출근하는 부소장님에게 인사한 뒤 카드를 찍고 퇴근했다. 그날 계단으로 내려가 주차장으로 나가는 문을 열었을 때 찬의 눈앞에 모르는 사람이 서 있었다.

"여기 들어오시면 안 됩니다."

모르는 사람이 말했다. 모르는 사람은 키가 컸고 어두운색 정장을 입고 있었으며 가슴에 명찰로 보이는 작은 금속판을 달고 있었다. 명찰이 계단실 조명을 반사하여 번들거렸기 때문에 찬은 모르는 사람의 이름이나 직위 등을 전혀 읽을 수 없었다.

찬은 대답하지 않았다. 이런 직원은 처음 보았다. 주차장으로 들어가는 길을 누군가 막는 경우도 없었다. 보통 그런 일은 경비직원이 한다. 찬 자신이 그 경비직원이었다.

그래서 찬은 모르는 사람을 무시하고 주차장으로 들어가려 했다.

"여기 들어오시면 안 됩니다."

모르는 사람이 찬의 앞을 가로막고 다시 정중하게 안내했다. 찬은 모르는 사람의 옆으로 빠져나가 빨리빨리 주차장으로 걸어 들어갔다. 그리고 오토바이에 앉아 시동을 걸었다. 보통 때라면 헬멧부터 쓰고 적재함을 열어 손전등을 넣어두고 그런 뒤에 시동을 걸고 전조등을 켜고 주차장 경사로를 천천히 조심스럽게 올라갔을 것이다. 지금 찬은 그저 어서 빨리 이 주차장을 떠나고 싶었다. 주차장을 빠져나오면서 찬은 모르는 사람이 계단실로 통하는 문 앞에서 자신을 가만히 지켜보고 있는 모습을 언뜻 보았다. 모르는 사람은 눈앞에서 보았을 때보다 키가 훨씬 더 커 보였고 얼굴은 어둠에 잠겨 전혀 보이지 않았다. 찬의 오토바이가 지나갈 때 가슴에 달린 명찰이 번쩍 빛났다. 그리고 찬은 고개를 돌려 전방을 주시하고 운전에만 집중했다.

콘크리트로 포장한 산길을 내려와 신호등이 있는 교차로에 나와 좌회전을 해서 내려간다. 사방은 아직도 어둠에 잠겨 있었고 신호등은 언제나 그렇듯이 노란불만 규칙적으로 깜빡이고 있었다. 찬은 양옆에 차가 지나다니지 않는 것을 확인하고 조심스럽게 왼쪽으로 방향을 틀었다. 주변은 완전히 깜깜했고 전조등에 비친 중앙선만이 주위를 휘감은 검은색 속에 오로지 샛노랗게 뻗어 있을 뿐이었다. 찬은 그 선명한 노란선에 의지해서 조심스럽게 앞으로 달려나갔다.

샛노란 중앙선이 왼쪽에서 오른쪽으로 휘어졌다. 찬은 중앙선에 의지해서 굽은 길을 따라 달렸다.

샛노란 중앙선이 오른쪽에서 왼쪽으로 휘어졌다.

샛노란 중앙선이 다시 왼쪽에서 오른쪽으로 휘어졌다.

샛노란 중앙선이 오른쪽에서 왼쪽 위로 휘어졌다. "급커브" "절대감속" "서행!" 등의 문구가 하얀색으로 크게 적힌 빨간 경고문과 노란 바탕에 까만 화살표가 그려진 표지판이 길 가장자리에 늘어서 있었다. 그 너머는 새까만 어둠에 잠겨 보이지 않았다.

샛노란 중앙선이 왼쪽에서 오른쪽 위로 휘어졌다.

찬은 이쯤에서 뭔가 이상하다고 생각하기 시작했다. 연구소에서 내려와 왼쪽으로 틀어서 한동안 내려가면 삼사십 분 뒤에는 마을이 나와야 했다. 이른 시간이라 상점들 대부분이 문을 열지 않았다고 해도 편의점의 새하얀 형광등 조명이 길거리까지 뿜어 나오고 조금 더 지나면 주유소 불빛이 멀리서도 보였다. 연구소에서 마을로 가는 길에 오르막은 없었다.

찬은 속도를 늦추었다. 그러나 잠시 후에 생각을 바꾸었다. 길을 찾으려면 어딘지 모르는 어둠 속에 오토바이를 세우고 적재함을 열어 휴대전화를 꺼내야 했다. 도로 한가운데나 낭떠러지 옆일지도 모르는 깜깜한 곳에서 오토바이를 세우고 어물어물하고 싶지 않았다. 어차피 시간이 조금 더 지나면 동이 틀 것이었다. 주위가 밝아오면 좀 더 수월하게 길을 찾을 수 있을 것이다. 그래서 찬은 다시 속도를 내어 중앙선을 따라 달리기 시작했다.

'터널 길이 1,682km'

표지판이 머리 위에 나타났다. 터널 길이가 이상하게 길다고 생각한 순간 찬은 이미 터널 안에 들어와 있었다.

터널 안은 조명이 환하게 밝아서 찬은 일단 안심했다. 밖은 어둠에 푹 잠겨 앞도 뒤도 구분할 수 없었는데 터널 안은 밝았고 일정한 거리마다 비상구와 비상 전화가 있었다. 갑자기 경찰차 사이렌 소리 같은 것이 들려와서 찬은 깜짝 놀랐다. 그러나 곧 그것이 터널 안에서 운전자의 졸음을 방지하기 위해 틀어놓은 스피커 소리임을 깨달았다. 터널 안의 연녹색 조명 속을 달리며 찬은 환각이 이렇게까지 정교할 수 있는지 계속 생각했다. 연구소에서 집으로 돌아가는 길에 터널 속을 달려본 적은 없었다. 터널 자체가 환각이거나, 아니면 자신이 완전히 길을 잘못 들어 다른 지역으로 열심히 달리고 있거나, 둘 중 하나였다. 찬은 이 가능성이 양쪽 다 반갑지 않았다.

왼쪽에 녹색 비상구 표시가 나타났다. 초록색 사람이 희고 네모난 빛을 향해 달려가는 표시 위에 7이라는 숫자가 역시 녹색으로 적혀 있었다. 좀 더 달리다가 찬은 다시 녹색 비상구 표시와 함께 달려 있는 숫자 5를 보았다. 머리 위에 남은 터널 길이가 적혀 있었다.

'출구까지 2,835km'

이 숫자도 이상하기는 마찬가지였지만 들어올 때 본 터널 길이는 분명 더 짧았다. 저 표지판이 환각이거나, 혹은 이 터널 자체가 현실이 아닐 가능성이 높았다.

그렇다면 이곳이 실제로 어디이며 자신이 무엇을 하고 있는 것인지 찬은 점점 불안해지기 시작했다. 그러나 여기가 정말 터널일 가능성도 배제할 수 없었다. 터널 한가운데에서 멈출 수는 없다.

'비상구.'

찬은 생각했다. 그리고 다시 주위 표지판을 눈여겨 살피기 시작했다. 그 순간 찬은 왼쪽의 비상구 4번을 지나쳤다.

'4번?'

흔한 괴담에 나오는 평범한 전개가 아닌가, 하고 찬은 헛웃음을 지었다. 그다음 순간 비상구 8번이 나타났다.

7번과 5번은 오래전에 지나쳤고 6번은 왠지 없다. 찬은 이유는 모르지만 비상구 6번이 나타나면 나가야겠다고 생각했다. 이 환각 속에 계속 있을 수는 없었다. 환각 속에서 보이지 않는 번호라면 현실로 나가는 출구일지도 모른다.

비상구 11번이 나타났다.

'출구까지 65,379km'

찬은 비상 주차대에 오토바이를 세웠다.

면허를 취득할 때도, 연구소에 취업한 뒤에 중고 오토바이를 구입할 때도 찬은 의사에게 몇 번이나 물어보고 확인을 받았다. 전문의 소견서를 받아서 면허시험장에 제출하여 무사히 면허 취득에 성공한 뒤에도 찬은 스스로 조심하기 위해 갖가지 운전 관련 안전수칙을 전부 구해서 반복하여 읽고 익혀두었다. 터널 내 비상 대피 요령과 터널 운전 안전수칙도 마찬가지로 오토바이를 처음 구입했을 때 꼼꼼하게 외우다시피 몇 번이나 읽어두었다. 그 기억에 따라 찬은 시동을 끄고 열쇠는 점화전에 꽂아둔 채 오토바이에서 내렸다. 그리고 좌우를 살폈다. 터널 안은 텅 비어 있었다. 스피커에서 흘러나오는 졸음 방지 사이렌 소리만 때때로 벽을 타고 울릴 뿐이었다. 그러나 이것이 모두 환각이라면 찬은 자신이 현실에서 고속도로 한가운데 서 있거나 건물 옥상 같은 곳에 올라가 반대편으로 건너가겠다며 허공에 발을 디디려 할 가능성도 완전히 배제할 수 없었다. 찬은 망설이며 주위를 다시 한 번 살폈다.

그리고 찬은 터널을 가로질렀다. 비상구 안으로 뛰어 들어갔다.

비상구 문을 밀어 열고, 비상용 보행자 통로 안에 들어가서 다시 두 번째 비상구 문을 밀어 열고, 찬이 뛰어나온 곳은 똑같은 터널 안이었다. 찬이 뛰어나온 비상구 번호는 14였다. 찬은 다른 표지판을 찾아 주위를 두리번거렸다. 머리 위 터널 천장에 매달린 표지판의 숫자는 또다시 변해 있었다.

'출구까지 7,59,36,25km'

이제는 어쩔 수 없다. 누군가에게 도움을 청해야겠다고 찬은 결정했다.

휴대전화를 꺼내려고 주머니에 손을 넣었다가 찬은 전화기를 오토바이 적재함에 그대로 넣어두고 내렸음을 깨달았다.

'왜 이럴 때만 현실적이지.'

찬은 속으로 불평했다. 물론 환상 속의 전화기를 손에 들고 있다 해도 그 전화가 환각 바깥의 어디론가 연결될 리는 만무했지만 어쨌든 찬은 통신기기가 몹시 아쉬웠다. 찬은 자신이 서 있는 장소를 둘러보았다. 터널 천장을 밝힌 무지갯빛 조명이 왠지 의미심장하게 역설적으로 보였다.

찬은 각을 생각했다.

그리고 그 생각을 애써 떨쳐냈다.

전화기가 있는 오토바이로 돌아간다 해도 각이 아니라면 자신이 대체 누구에게 도움을 청할 수 있을지 찬은 생각했다. 터널 안 비상 전화를 사용해서 터널 관리자나 경찰에 연락한다면 면허를 빼앗기게 될 것 같아 찬은 망설였다. 오토바이를 사용할 수 없게 되면 연구소에 어떻게 다니지? 걸어갈 수는 없었다. 자전거? 그의 집에서 연구소까지의 경로는 자전거가 다닐 수 있는 길이 아닌 데다 거리가 너무 멀었다. 면허를 취소당하면 연구소를 그만둬야 할까? 그럼 무엇을 해서 먹고살아야 할까? 찬과 같은 이력을 가진 사람을 받아주고 생활할 수 있는 정도의 임금을 지급해주는 일자리는 많지 않았다. 그렇다고 부모나 가족에게 돌아갈 수는 없었다. 돌아간다 해도 받아주지 않을 것이다. 그리고 받아준다면 찬은 이전에 겪었던 모든 일들을 또다시 반복해서 겪어야 할 것이다. 그런 삶은 도저히 견딜 수 없었다.

찬은 각을 생각했다.

찬은 스스로 각을 밀어내고 그를 떠났다. 이제 자신이 대체 누구에게 도움을 청할 수 있을지, 절박하게 되돌아보며 찬은 문득 극심한 외로움을 느꼈다. 찬은 자신만의 비현실 속에 완전히 혼자였다. 세상에는 그의 환각을 함께 경험하고 이해해 줄 사람도 없었고 그가 망가진 삶을 짊어진 채 사회 안에서 정상적인 생활을 이어가기를 바라는 사람은 더더욱 없었다. 그러나 찬은 도움을 청하고 싶었다. 간절하게 자신을 붙잡아 줄 누군가에게 매달리고 싶었다.

찬은 각을 생각했다.

날카로운 전화벨 소리에 찬은 깜짝 놀랐다. 찬은 소리가 나는 곳을 찾아 주위를 둘러보았다. 오른쪽 벽에 달린 비상 전화에서 귀를 찢을 듯한 벨소리가 울려 나오고 있었다.

'이건 확실히 환각이야.'

찬은 생각했다. 조금 전에 주위를 둘러보았을 때는 비상 전화가 없었다. 최소한 찬은 벽에 달린 비상 전화를 본 기억이 없었다. 그래서 찬은 전화를 받지 말아야겠다고 결심했다.

전화벨 소리는 견딜 수 없이 시끄러웠다. 그리고 환각이라서 그런지 점점 더 벨소리가 커지는 것 같았다. 벨소리가 커지면서 터널 안에 웅웅 울렸다. 찬은 귀를 막았다. 전화벨의 찢는 듯한 진동이 온몸으로 전달되었다. 견딜 수 없을 정도로 괴로웠다. 찬은 몸을 돌려 다시 비상문을 열었다. 등 뒤로 비상문을 닫자 전화벨 소리가 사라졌다. 찬은 안도의 한숨을 쉬었다.

날카로운 전화벨 소리에 찬은 깜짝 놀랐다. 찬은 소리가 나는 곳을 찾아 주위를 둘러보았다. 오른쪽 벽에 달린 비상 전화에서 귀를 찢을 듯한 벨소리가 울려 나오고 있었다. 조금 전에 비상용 보행자 통로 안으로 들어왔을 때 벽에는 아무것도 달려 있지 않았다.

찬은 눈앞의 문을 밀어 열었다. 비상용 보행자 통로에서 뛰쳐나왔다. 그리고 찬은 깜짝 놀라 곧바로 멈추어 섰다. 조금 전까지 텅 비어 있던 터널 안에 차들이 양방향으로 줄지어 전속력으로 달리고 있었다. 거대한 화물차가 찬의 눈앞을 스쳐 지나가며 큰 소리로 경적을 울렸다.

찬은 뒷걸음질 쳤다. 이대로는 건너갈 수 없다.

등에 단단하고 차가운 것이 부딪쳤다. 찬은 돌아보았다.

등 뒤의 비상문은 사라지고 없었다. 찬의 등이 닿은 곳은 딱딱한 회색 콘크리트 벽이었다.

차들이 찬의 눈앞을 스칠 듯이 가깝게 달려 지나갔다. 찬은 차가운 콘크리트 벽에 몸을 바짝 붙였다.

이럴 리가 없다고 찬은 생각했다. 터널 안에는 사고가 났을 때 보행자가 달리는 차를 피할 수 있도록 어른 허벅다리 정도 높이로 만든 피신용 공간이 있다. 지금 찬이 서 있는 곳에는 피할 공간이 전혀 없었다.

터널 안은 질주하는 차들의 소음과 진동과 경적 소리로 견딜 수 없이 시끄러웠다. 고막이 터져 나갈 것 같았다.

'어떡하지?'

찬은 생각했다.

'보행자용 비상구가 또 어디에 있지?'

눈앞을 스치듯이 지나가는 차들에서 어떻게든 조금이라도 멀어지고 싶었다. 안전한 곳으로 몸을 피하고 싶었다. 두리번거리는 찬의 눈에 천장에 매달린 표지판이 보였다.

'출구까지 급커브 과속 서행'

무의미한 표지판에서 의미를 찾으려 애쓰고 있을 때 날카로운 전화벨 소리가 울려 퍼져 찬은 깜짝 놀랐다. 찬은 소리가 나는 곳을 찾아 주위를 둘러보았다. 왼쪽 벽에 달린 비상 전화에서 귀를 찢을 듯한 벨소리가 울려 나오고 있었다. 차들이 계속 양방향에서 질주하는데 그 소음과 진동과 경적 소리를 모두 누르고 울려 퍼질 만큼 전화벨 소리는 날카롭고 선명했다. 찬은 콘크리트 벽에 몸을 붙인 채 옆걸음으로 왼쪽으로 이동했다. 비상 전화 수화기를 집어 들었다.

"여보세……."

"관 배송일은 언제로 할까요?"

상대방이 찬의 말을 막고 사무적으로 물었다. 찬이 어리둥절해서 되물었다.

"예?"

"화장장은 예약이 꽉 차서 다음 주까지는 어렵습니다."

"네? 아니, 저기……."

찬은 터널 안 비상 대피 요령을 생각하며 거리 표시를 찾기 위해 주위를 두리번거렸다.

"구조 요청하려고 전화 드렸는데요……."

찬이 더듬거리며 말했다. 말한 직후에 찬은 자신이 먼저 전화하지 않았다는 사실을 깨달았으나 지금은 그게 중요한 게 아니었다.

"구조요?"

상대방이 되물었다.

"사망하실 예정 아닙니까?"

"네?"

찬이 되물었다. 상대방은 찬을 무시하고 계속 질문했다.

"관과 수의는 합배송으로 해드릴까요?"

'이건 환각이다.'

찬은 심호흡을 했다. 자기 자신에게 말했다.

'이건 환각이야.'

죽으려 했던 적이 몇 번 있었다. 자신의 존재 이유, 살아가야 할 이유를 아주 오랫동안 부정했던 적도 있었다. 그러나 지금 찬은 살고 싶었다. 사실은 정말로 죽고 싶었던 게 아니라는 것을 찬은 나중에야 깨달았다. 폭력과 학대를 견디며 자신을 끊임없이 부정하며 그렇게 계속 살고 싶지 않을 뿐이었다. 그리고 그렇게 살지 않아도 된다는 사실을 찬은 얼마 전에야 알게 되었다. 너무 늦게 알았다고 생각하며 괴로워했던 적도 있었다. 그러나 아직 살아 있는 한 너무 늦은 건 없다. 그것은 찬이 치료를 받으며, 자신의 회복을 돌보며, 생활을 조금씩 다시 구축하며 깨달은 단 하나의 명확한 진리였다.

그 사실을 찬에게 알려준 가장 중요한 사람이 터널 바깥세상 어딘가에 있었다.

그래서 찬은 비상 전화 너머 상대방에게 천천히, 단어 하나 하나를 명확하게 발음하려 주의하며 선언했다.

"사망할 예정 없습니다."

"아, 그렇습니까?"

상대방이 여전히 사무적으로 대답했다. 찬이 다시 한번 다짐했다.

"관이나 수의도 사지 않습니다."

"아, 예."

상대방이 말했다. 찬이 조용히 선언했다.

"지금 터널 안입니다. 구조하러 오십시오. 안 오면 내 힘으로 혼자서 나갈 겁니다."

그리고 찬은 상대방의 대답을 듣지 않고 전화를 끊었다.

비상 전화의 수화기를 제자리에 걸고 찬이 돌아섰을 때 터널 안은 들어왔을 때와 마찬가지로 텅 비어 있었다. 찬은 차로를 건너 반대편에 세워둔 오토바이로 돌아가려 했다.

"여기 들어오시면 안 됩니다."

어두운색 정장을 입은 키 큰 사람이 찬에게 말했다. 키가 무척 크고 얼굴이 잘 보이지 않았다. 찬의 눈높이에서 가장 먼저 보이는 것은 정장 가슴에 달린 금속 명찰이었다. 명찰에 터널 조명이 반사되어 찬은 눈이 부셔 시선을 돌렸다.

"여기 들어오시면 안 됩니다."

찬이 모르는 사람을 피해 차로를 건너려 하자 어두운색 정장을 입은 사람이 앞을 다시 막아서며 되풀이해 말했다.

"넌 환각이야."

찬이 모르는 사람과 눈을 마주치지 않으려 애쓰며 중얼거렸다.

"난 여기서 나갈 거야."

찬은 앞으로 걸음을 내디뎠다. 모르는 사람이 찬의 앞을 막아섰다. 찬은 환각이라 단정 짓고 모르는 사람을 뚫고 걸어 나가려 했다. 그리고 찬은 모르는 사람의 상체에 온몸으로 부딪쳤다. 어두운색 정장이 찬의 얼굴을 덮었다.

찬은 구급대원의 목소리를 듣고 깨어났다. 하늘이 어둑어둑했다. 모르는 사람의 정장과 비슷한 색이라고 찬은 문득 생각했다. 숨 막히게 지독한 탄내가 주변을 휘감고 피어올랐다.

"터널에서 화재가 발생했어요."

구급대원이 찬에게 설명했다.

"지금 병원으로 갑니다."

오토바이, 핸드폰. 찬은 구급대원에게 말하려 했다. 그러나 입과 코에 산소마스크가 덮여 제대로 말을 할 수 없었다. 찬은 그대로 들것에 실려 구급차를 타고 병원으로 이동했다.

"그래서 그만둔 거예요, 그분은?"

내가 물었다.

"아뇨. 퇴원하고 한참 더 다녔어요."

선배가 말했다.

"나중에 애인하고 같이 살기로 해서 다른 지역으로 이사하게 됐다고 그만뒀어요."

"애인요?"

내가 물었다. 그래서 선배가 이야기의 끝부분을 마저 들려주었다.

찬은 연구소에서 자신의 집으로 가는 방향의 반대편에 있는, 다른 도시로 넘어가는 터널에서 발견되었다. 터널 안에서 사고가 일어났고 그 때문에 화재가 발생했다. 찬은 비상 전화를 사용하여 제대로 관계기관에 구조를 요청한 여러 사람 중 하나였다. 찬은 자신이 어쩌다 반대 방향으로 질주해서 거기까지 갔는지, 터널을 지나 옆 도시로 갈 뻔했는데 왜 길을 잘못 들었음을 알아채지 못했는지 잘 설명할 수 없었다. 아마 밤샘 근무를 해서 피곤한 상태에다 어두워서 반대로 간 것 같다고 찬은 말했다. 그 말에 거짓은 없었다. 찬이 일관되게 이렇게 말했으므로 경찰은 그것으로 만족했다.

병원에 입원해 있던 이틀 동안 찬은 '사망할 예정'을 묻던 질문을 계속 생각했다. 절박하게 도움을 청하고 싶었던 순간, 도움을 청할 단 한 사람을 향해 삶의 모든 의지가 쏠렸던 순간을 생각했다. 원하지 않지만 이대로 여기서 목숨이 끝난다면 누구에게 작별인사를 하고 싶은지, 자신의 작별인사를 받아줄 사람이 누구인지 찬은 생각했다. 퇴원하고 나서, 경찰에서 목격자 진술을 마치고 전화기와 손전등을 돌려받은 뒤에 찬은 오랫동안 생각하다 전화를 걸었다. 각은 망설이지 않고 찬의 전화를 받았다.

"잘됐네요."

내가 말했다. 낭만적이라고 나는 생각했다. 물론 그가 겪은 일들은 전혀 낭만적이지 않다. 다만 같은 지옥을 겪고 빠져나와 함께 버티며 살아갈 사람을 다시 찾았다는 그 한 가지만은 무척이나 다행스러운 일이었다.

"여기서 일한 사람들은 다 잘돼서 그만두나 봐요?"

내가 농담 삼아 물었다.

"꼭 그런 건 아니에요."

선배가 진지하게 대답했다.

"그 얘기는 다음에 해줄게요."

나는 조금 실망했다.

선배가 오른손 집게와 중지로 왼쪽 손목에 찬 시계를 더듬었다.

"순찰 나갈 시간이에요."

"네."

내가 대답했다. 우리는 자리에서 일어섰다. 직원실 밖으로 나왔다. 문을 닫았다. 선배는 손으로 벽을 더듬어 왼쪽으로 향했다. 나는 손전등을 켜고 어둠 속을 더듬어 오른쪽으로 향했다.

계단을 천천히 내려가며 나는 선배에게 말하지 않은 일에 대해 생각했다. 근무 시작하고 일주일 정도 지났을 무렵이다. 나는 직원실을 나와 손전등을 켜고 어두운 복도를 따라 곧바로 앞으로 걸어갔다. 계단을 반 층 정도 올라갔을 때 어두운 색 정장을 입은 사람이 내 앞을 막아섰다.

"여기 들어오시면 안 됩니다."

어두운 정장을 입은 평범한 사람이 말했다. 선배가 이야기해준, '차'이라는 사람이 본 인물은 키가 무척 컸다고 했다. 내가 본 사람은 그 전에 일했다는 '숙'이라는 직원이 본 인물과 더 비슷했다. 키도 평범했고 목소리도 평범했고 말투도 얼굴도 기억나는 특징은 하나도 없었다. 나는 손전등을 조금 치켜들어 위쪽으로 비추었다. 평범한 사람의 평범한 정장 가슴에 달린 평범한 명찰이 눈에 들어왔다.

"아, 네."

내가 대답했다.

"알겠습니다."

나는 고개를 숙여 인사하고 돌아서서 내려왔다. 이후로 나는 직원실을 나올 때 각별히 조심했다. 복도 끝에 도달하면 앞으로 향하지 않았고 직원실 쪽 복도에 연결된 계단을 올라가지 않았다. 직원실은 연구소 꼭대기 층에 있었고 짧은 복도를 걸어 나오면 계단 난간에 마주쳐 더 이상 앞으로 갈 수 없었다. 왼쪽이든 오른쪽이든 꺾어 내려가야만 했다.

근무 첫날 계단을 올라갔을 때 마주친 사람의 가슴에는 조그만 금속 명찰이 달려 있었다. 나는 손전등을 조금 치켜들어 명찰을 비추었다. 그 조그만 금속판에 이름이나 다른 설명 없이 '소장'이라는 두 글자가 새겨진 것을 보았다. 그래서 나는 시키는 대로 의심 없이 돌아서서 계단을 내려갔다. 계단을 내려와 뒤를 돌아보았을 때 어두운색 정장을 입은 평범한 사람은 여전히 존재하지 않는 계단 위에 서서 나를 보고 있었다. 얼굴 부분이 어둠에 가려서 보이지 않았기 때문에 사실은 정말로 나를 보고 있었는지는 알 수 없다. 그저 그런 느낌이 들었을 뿐이다. 내가 돌아보자 평범한 사람은 평범하게 살짝 웃었다. 살짝 웃은 것 같았다. 그것도 그저 느낌이었다. 그 평범한 사람의 평범한 얼굴이 어떻게 생겼냐고 묻는다면 전혀 기억나지 않는다.

그래서 나는 평범한 정장을 입은 그 평범하지 않은 사람이 소장이라는 사실을 선배에게 말해도 될지, 선배도 그 사실을 이미 알고 있는 것은 아닌지 생각하며 아래층으로 내려가 복도에서 오른쪽으로 꺾어 들어가서 늘어선 방문을 하나씩 천천히 당겨보았다. 내가 존재하지 않는 곳, 사람이 들어가지 말아야 할 곳으로 들어가려 한다면 소장님이 나타나서 막아줄 것이다. 그것은 조금 특이한 안전수칙이지만 연구소에 잘 어울린다고 나는 생각했다.

손 수 건

"무서운 이야기 좋아해요?"

선배가 물었다. 처음 출근한 밤이었다. 나는 고개를 끄덕였다.

이것은 선배가 처음 해준 이야기이다.

고인에게는 딸이 셋, 아들이 둘 있었다. 그 시대에는 흔한 일이었다. 다들 형제자매가 여럿 있었고 자식을 많이 낳는 것은 좋은 일로 여겨졌고 자식을 많이 낳고 싶지 않았더라도 어쨌든 아들이 태어날 때까지 아이를 계속 낳는 일이 보통이던 시절이었다. 고인은 그중 둘째 아들을 가장 사랑했다. 이것은 흔하지 않은 일이었다. 그 시절의 부모는 보통 큰아들을 가장 사랑하고 큰아들에게 가장 의존하게 마련인데 고인은 작은아들만을 사랑했고 그것은 고인 일생의 가장 깊고 열정적인 사랑이었다. 자식들이 다 자라서 학교를 졸업하고 나이가 차서 시집 장가를 가고 자기 가족을 꾸리게 된 뒤에도 고인의 작은아들 사랑은 변하지 않았다. 오히려 더 뜨겁게 불타올랐다. 작은아들은 어머니가 돌아가시는 순간까지 단 한 번도 제대로 된 직장을 다니거나 제대로 일다운 일을 해본 적이 없었다. 그러면서 작은아들은 고급 정장을 입고 값비싼 구두를 신고 고급 대형차를 몰고 철 따라 휴양지와 스키장과 외국의 유명한 해변과 호텔을 찾아다니며 호화롭게 살았다. 작은아들이 사치스럽고 풍족하게 살아가는 데 필요한 돈은 모두 어머니에게 받은 것이었다. 어린 시절부터 백발이 성성한 나이가 된 지금까지, 작은아들은 큰 집과 좋은 차는 물론 길에서 담배 한 갑, 커피 한 잔 사는 돈까지도 당연하다는 듯 어머니에게서 받았다.

반면에 어머니는 큰아들이 대학을 졸업하고 취직을 하자마자 돈을 조르기 시작했다. 병든 아버지와 아직 어린 여동생들을 생각하여 큰아들은 있는 힘껏 일을 해서 어머니가 원하는 돈을 만들어 내놓았다. 이제 한 사람 몫을 하는 어른이 되었으니 어머니를 잘 돌보고 집안의 장남 노릇을 열심히 하면 어머니의 사랑과 인정을 언젠가는 자신도 얻을 수 있으리라는 순진하고도 절박한 기대도 물론 있었다. 무시당하고 차별당하고 혹은 학대당하는 자녀들이 자신의 양육자를 버리지 못하고 오히려 더 결사적으로 양육자에게 자신이 가진 얼마 안 되는 애정을 쏟아붓고 양육자의 눈에 들기 위해 노력하는 이유는 그렇게 하면 사랑받을 수 있으리라 착각하기 때문이다. 어떤 사람들은 사랑할 능력이 없다는 사실, 어머니가 자신의 다른 형제에게만 보여주는 애정과 관심은 사랑이 아니라 비뚤어진 집착에 불과하다는 사실을 당사자 입장에서 냉정하게 판별하기란 쉽지 않은 일이다. 그러나 큰아들도 바보는 아니었다. 오히려 큰아들은 똑똑한 사람이었고 그러므로 어머니가 자식들을 대하는 태도가 어딘가 심각하게 잘못되었다는 사실을 오래지 않아 이해하고 받아들일 수밖에 없었다. 큰아들은 유명한 사립대학에 합격하고도 집안 형편이 어려워 등록금을 줄 수 없다는 어머니의 말에 장학금을 받을 수 있지만 덜 유명하고 세간에서 덜 인정받는 대학에 진학했고, 학교 다니는 동안 내내 필사적으로 공부하고 필사적으로 일했고, 그렇게 부모에게 손 벌리지 않고 오히려 얼마 안 되는 돈이라도 이런저런 아르바이트로 벌어서 집에 내놓으며 대학을 졸업하고 취직했다. 그러므로 큰아들은 어머니가 자신의 첫 월급과 첫 보너스를 받아서 남동생에게 차를 사주고 양복을 사주고 여동생들이 고등학교 졸업하자마자 취직해서 벌어온 돈을 가져다 남동생이 술 마시고 놀러 다니게 해주는 모습을 보고 피가 거꾸로 솟았다. 큰아들이 결혼을 약속한 여자를 집에 데려오기 위해 부모에게 의논을 청했을 때 어머니가 결혼에 필요한 비용을 쪼개어 남동생에게 명품 시계를 사주자고 제안했기 때문에 큰아들은 집을 떠나 부모와 연을 끊었다. 그것이 반세기 전의 일이었다.

죽는 순간까지도 고인의 작은아들 사랑은 변하지 않았다. 딸 셋에게 고인은 자신이 말년을 보낸 작은 아파트를 남겨주었다. 건축 연수도 오래되고 가끔 물이 새고 도시에서 벗어난 교외에 있어 교통도 좋지 않고 재개발 소식도 들리지 않는 낡고 골치 아픈 집이었다. 저축해둔 돈과 유가증권과 시집올 때 받은 패물까지 집 이외의 모든 재산을, 그러니까 실제로 재산 가치가 있는 쓸모 있는 재산을, 고인은 전부 작은아들에게 남겼다. 큰아들에 대해서는 고인은 잊어버렸다. 혹은 잊은 척했던 것인지도 모른다. 죽는 순간까지 고인은 작은아들을 찾았고 큰아들에 대해서는 언급조차 하지 않았다.

세 딸들은 평생 부모의 공평한 무관심 속에 살았으므로 그들 자신도 어느 정도 부모와 오빠들에게 공평하게 무관심했고 그러므로 이러한 결론을 어느 정도 당연하게 여겼다. 사실 어머니가 자신들에게 집이나마 남겨주었다는 사실을 딸들은 마음속으로 조금 놀랍게 여겼다. 그러나 큰오빠에게 연락해야 하는 순간이 왔을 때 그 결정적인 소식을 전하는 역

할은 아무도 맡으려 하지 않았다. 고인이 평생 큰오빠를 차별했고 재산조차 한 푼도 남기지 않았지만 큰아들이니 와서 상주 노릇을 해달라고 하면 오빠가 어떤 반응을 보일지 세 딸 모두 예측할 수 있었다. 차라리 큰아들이 스스로 장례식에 오지 않겠다고 한다면 그나마 다행이었다. 장례식에서 큰아들이 둘째 아들과 마주치면 어떤 소란이 벌어질지 모른다고 딸들은 우려했다. 결국 큰아들과 가끔씩 연락을 계속하던 막내 여동생의 작은딸이 외삼촌에게 전화했다. 큰아들은 장례식에 오겠다고 했다. 딸들은 걱정했다. 그러나 싸움이 벌어진 것은 전혀 다른 이유 때문이었다.

둘째 딸은 시집갔을 때 어머니와 물리적으로 가장 가까운 곳에 살았다. 그래서 실질적으로 어머니를 가장 많이, 가장 오래 돌본 사람도 둘째 딸이었다. 그러다가 둘째 딸은 최근에 이사했다. 그래서 고인이 위독해졌다가 임종을 맞이했을 때는 자식들 중에서 둘째 딸이 가장 먼 곳에 살고 있었다. 그 둘째 딸이 장례를 치르러 와서 형제와 자매들 앞에 손수건 한 장을 내놓았다. 어머니가 살아 계실 때에 부탁하시기를 당신이 죽은 뒤에 반드시 이 손수건과 함께 화장해달라고 하셨다는 것이었다. 손수건은 형제들 모두 처음 보는 물건이었고 자식들 중에서 둘째 딸이 어머니를 가장 오래 돌보았기 때문에 큰아들도 딸들도 별생각 없이 동생의 말에 수긍했다.

결사반대한 것은 뒤늦게 마지막으로 도착한 작은아들이었다. 그 손수건을 자기가 가져가야겠다는 것이었다. 자신이 생전에 어머니와 가장 많은 대화를 나누었고 어머니가 생전에 쓰시던 물건 중에 값나가는 것이라면 자신이 모를 리 없는데 그런 손수건은 본 적이 없다고 작은아들은 우겼다. 그러므로 손수건이 어머니 물건일 리 없고 그러므로 어머니 물건이 아닌 것을 함께 장례 치를 수 없다는 것이 작은아들의 다분히 비논리적인 주장이었다. 사실 작은아들은 그 손수건이 마음에 들었고 어머니가 살아 계실 때나 돌아가신 뒤에나 어머니 소유물은 다 자기 것이므로 큼지막한 재산부터 하다못해 손수건 한 장까지 남김없이 자기가 다 걷어가겠다는 뜻이라는 사실을 형제자매 모두 알고 있었다.

문제의 손수건은 상당히 예쁜 물건으로, 하얀 바탕에 꽃이 핀 나뭇가지와 그 나뭇가지에 앉은 새 한 마리가 수놓여 있었다. 원단은 도톰하고 매끈매끈하고 은은하게 광택이 흘러 포목에 대해 잘 모르는 사람이 보아도 비단이거나 그에 준하는 비싼 천으로 보였다. 자수는 알록달록하고 대단히 선명한 색상이었으나 촌스럽기보다는 대담하고 화려했고 수놓은 실도 바탕천과 마찬가지로 윤기가 흐르고 고급스러웠다. 수를 놓은 솜씨 또한 기계로 대량생산한 것이 아니라 사람이 손으로 수놓은 것이 분명해 보였다. 다만 여기서 의아한 점은 성인 남성인 작은아들이 왜 꽃과 새가 수놓인 알록달록한 여자 손수건을 가지고 싶어하냐는 것이었다.

이러한 질문이 공식적으로 제기되기 전에 큰아들이 작은아들에게 덤벼들었다. 90대의 어머니가 남긴 손수건 한 장 때문에 70대 형과 60대 동생 사이에 난투극이 벌어졌다. 그러나 갈등의 진짜 원인은 손수건이 아니라 부모의 편애와 자식 차별이며 이러한 가족 간 불화의 경우에 사람의 나이는 문제가 되지 않는다. 오히려 나이가 많을수록 쌓인 울분도 많아서 도저히 해결할 방도가 없는 상태까지 진행되기도 한다. 큰아들과 작은아들의 경우도 대체로 그러하였다.

오빠들을 진정시키면서 딸들도 전에 없이 의견이 갈렸다. 둘째는 어머니의 유지대로 손수건을 함께 화장해야 한다고 주장했다. 막내는 남은 장례 절차를 차질 없이 진행하기 위해 우선 싸움을 말려야 하므로 그까짓 손수건 작은오빠한테 줘버리자고 제안했다. 큰딸은 이런 비슷한 광경이 그때그때 소재만 바꿔가며 되풀이되는 모습을 세 딸 중에서 가장 오래 보아왔기 때문에 넌더리가 나서 저놈의 작은오빠 따위 어디 나가서 콱 죽어비렸으면 좋겠다고 생각했지만 돌아가신 어머니를 생각해서 아무 말도 하지 않았다. 그래서 두 남자 노인들이 어머니에게 가장 사랑받은 아들의 자리를 놓고 마지막 결투를 벌이고 딸들이 의견 일치를 보지 못하고 지겨워하면서 손수건의 향방을 논의하는 동안 아버지를 모시고 왔던 큰아들의 아들이 손수건을 가져다가 자기 배낭에 넣었다. 그리고 큰아들의 아들은 작은아버지에게 계속 덤벼들려는 아버지를 뜯어말려 입관도 보지 않고 발인까지 기다리지도 않고 그대로 아버지를 끌고 집으로 돌아가버렸다.

일반적인 괴담에서는 이쯤 되면 문제의 손수건을 가져간 사람에게 기괴한 일들이 닥치게 마련이다. 예를 들면 큰아들의 아들이 분개한 아버지를 차에 태우고 운전해서 집으로 돌아가는 길에 갑자기 해가 저물고 길에서 흰옷 입은 여자가 차 앞을 가로막고 손수건을 돌려달라고 요구한다든가. 그래서 차를 운전하던 큰아들의 아들이 여자와 대화로 해결해보려고 차에서 내려서 자세히 보았더니 여자의 목이 꺾여 있다든가, 하얀 치마 아래에 다리가 없더라든가 하는 식으로 말이다. 그런 일은 일어나지 않았다. 큰아들은 집으로 돌아가는 차 안에서 평생 마음속에 쌓아왔던 울분과 원한을 남동생에 대한 온갖 욕설과 함께 목청 높여 풀어놓았고 그렇게 말없이 운전하는 아들 옆에 앉아서 소리 지르다 울다 화내다 푸념하다가 집에 도착하자 차에서 내려서 주차장 한편에 있는 쓰레기장에 그 손수건을 버렸다. 그것은 큰아들이 어머니와 자신의 남동생 양쪽에게 보내는 처음이자 마지막 한 방이었다. 그리고 큰아들도 큰아들의 아들도 손수건에 대해서 더 이상 생각하지 않았다. 손수건에 대해서 계속 생각한 사람은 작은아들이었다.

형이 조카의 손에 붙잡혀 장례식장을 떠난 뒤에 작은아들은 형이 차야 할 검은색 두 줄짜리 삼베 완장을 차고 잠시 뿌듯해졌지만 장례식장 직원과 장례지도사 앞에서 여동생들과 함께 위패와 영정사진과 부고 돌릴 주소록을 찾고 제물상에 올릴 과일을 논의하다가 약 7분 뒤에 지쳐버렸다. 그래서 작은아들은 상주 노릇을 여동생들과 그 남편들에게 떠넘기고 자신은 빈소 뒷방으로 가서 드러누웠다. 무책임하게 살아온 사람이라고 해서 아무 걱정이 없는 것은 아니다. 칠순을 바라보는 지금까지 하고 싶은 일, 갖고 싶은 것은 모두 엄마에게 말하면 저절로 눈앞에 나타났는데 이제 엄마가 죽어버렸으니 자신이 하고 싶은 일과 갖고 싶은 것을 말만 하면 척척 챙겨줄 사람이 누가 있겠는가. 그렇다고 이 나이에 갑자기 취직을 할 수도 없고, 일을 한다면 사업을 하고 싶은데, 손만 대면 대박 날 아이템들이 줄을 섰는데, 그렇지만 사업을 하려면 돈이 필요한 것이다. 그러나 돈을 대주던 엄마는 죽었고, 이미 몇 번이나 사업한다고 가산을 말아먹은 마당에 이제 와서 다 늙은 여동생들이 엄마처럼 그렇게 살뜰하게 자신에게 필요한 돈을 마련해줄 것 같지도 않았다. 엄마가 없으니 이제 가족 중에 자신을 챙겨줄 사람은 아무도 없다. 언제나 그랬듯이 모두들 자신을 미워한다. 유일하게 자신을 사랑해주던 엄마는 죽었다. 의지할 사람도 하나 없이 쓸쓸히 노년과 죽음을 기다릴 수밖에 없는 것이다. 작은아들은 혼자 남은 자신의 처지가 너무 불쌍해서 눈물이 나올 것만 같았다. 그렇게 빈소 뒷방에 누워서 훌쩍이다가, 코를 풀 휴지를 찾다가 작은아들은 문득 어머니가 남긴 손수건을 생각했다. 여자들이 쓰는 물건을 눈여겨본 적은 없지만 자신이 보기에도 참 예쁜 물건이었고 아주 솜씨 좋은 사람이 직접 만든 고급스럽고 좋은 물건이라는 건 알 수 있었다. 그런 좋은 물건을 왜 엄마가 자신에게 남겨주지 않고 굳이 여동생한테 말해서 자기 시체와 함께 태워버리라고 했는지 작은아들은 이해할 수 없었다. 예쁜 물건이기 때문에 갖고 싶었고, 엄마가 남긴 마지막 유품이라고 생각하니 더 갖고 싶었다. 무엇보다도 엄마가 평소와 달리 자신에게 뭔가 주지 말라고 했다는 사실이 분해서 더더욱 참을 수 없이 갖고 싶었다. 은은한 광택이 흐르는 하얀 바탕에 수놓인 노랗고 빨간 꽃과 파란색과 초록색의 새가 눈앞에 아른거렸다. 작은아들은 벌떡 일어나서 빈소로 나갔다. 여동생들을 붙잡고 손수건의 행방을 캐묻기 시작했다.

물론 여동생들은 상대해주지 않았다. 여동생들과 그 남편들 입장에서는 또 싸움이 붙은 것도, 상주가 없어져버린 것도 예상은 했지만 몹시 짜증 나는 일이었다. 애초에 작은아들이 상주 노릇을 제대로 할 거라는 기대는 하지 않았다. 그러니 여동생들은 작은오빠가 장례 끝날 때까지 빈소 뒷방에 들어가서 문제 일으키지 말고 조용히 틀어박혀 있기를 바랄 뿐이었다. 여동생들은 이미 육십 년 전부터 작은오빠에게 지쳐 있었고 이제 와서 손수건 따위 자질구레한 일로 작은오빠의 비위를 맞춰줄 정도 기운도 남아 있지 않았다. 그래서 작은아들은 다시 빈소 뒷방으로 돌아와 벌렁 누워서 빈둥거리다가 큰아들에게 전화를 걸었다.

큰아들은 물론 전화를 받지 않았다. 다섯 번쯤 반복해서 전화하다가 작은아들은 포기했다. 형의 아들에게 전화를 하면 혹시 받지 않을까 생각했으나 전화하려고 보니 조카의 전화번호를 애초에 알지 못했다. 큰아들은 오래전에 남동생과 연락을 끊었고, 작은아들은 형이 결혼을 하고 아이를 낳은 것까지는 알고 있었지만 형의 아이에게 생일이나 명절 때 선물이라도 주고 새해가 되면 세뱃돈이라도 챙겨주는 것이 세간의 상식이라는 사실을 이어서 떠올리고 나서 형과 연락이 끊긴 사실을 다행스럽게 생각하고 굳이 먼저 형이나 그 가족에게 다가가지 않는 방식으로 살아왔기 때문이다.

그러나 빈소 뒷방에 다시 누워 있으려니 그 하얗고 광택이 흐르는 도톰하고 보드라운 천과 천에 수놓인 녹색 부리의 새파란 새와 노란색과 빨간색의 선명한 꽃이 눈앞에 또다시 떠올라 사라지지 않았다. 작은아들은 다시 전화기를 꺼내 형에게 전화를 걸었고 이번에는 누군가 받았다.

"여보세요, 형님. 내 전화는 안 받을 거요?"

"작은아버지."

전화를 받은 사람은 조카였다. 그래, 아무래도 그 고집쟁이 형보다는 젊은 애가 낫겠지. 작은아들은 속으로 쾌재를 부르며 말했다.

"어, 그래. 너……."

조카의 이름이 얼른 떠오르지 않아서 작은아들은 그 부분을 얼버무렸다. 그리고 얼버무리고 있다는 사실을 얼버무리기 위해 한껏 위엄 있게 조카를 꾸짖었다.

"너, 인사도 안 하고 그렇게 나가버리는 게 어딨냐? 그게 대체 어느 집안 법도야?"

"무슨 일이세요?"

조카가 퉁명스럽게 물었다. 작은아들은 전화가 끊기기 전에 빨리 용건을 말하는 쪽이 이롭겠다고 재빨리 판단했다.

"손수건 어떻게 했냐?"

"네?"

조카가 되물었다. 작은아들이 설명했다.

"우리 어머니가 남기신 그 왜, 하얀 바탕에 새하고 꽃하고 이렇게 수놓은 그 비단 손수건 말이야. 그거 아무리 찾아도 없던데 네가 가져갔냐?"

"그거 버렸어요."

조카가 짧게 대답했다.

"뭐?"

작은아들이 대경실색했다.

"작은아버지는 할머니가 돌아가셨는데 지금 손수건이 중요해요?"

조카가 말했다. 조카의 뒤에서 형이 뭔가 말하는 소리가 들렸다. 그러자 조카는 전화를 끊어버렸다.

"야! 이 도둑놈 새끼야! 네 것도 아닌데 그걸 네가 왜 버려! 어디다 버렸어! 도로 찾아와!"

작은아들이 전화기에 대고 고래고래 소리쳤으나 전화는 이미 끊긴 뒤였다. 다시 전화했으나 큰아들도 큰아들의 아들도 받지 않았다. 작은아들은 벌떡 일어나 방 안을 돌아다니며 사방에 욕을 했지만 소용없었다. 아무리 전화해도 형도 조카도 받지 않았고 나중에는 전화기가 꺼져 있다는 안내 목소리가 흘러나왔다. 작은아들은 당장 차를 몰고 형의 집으로 쫓아가서 손수건을 어디다 버렸는지 물어봐야겠다고 결심했으나 이어서 형이 어디 사는지 모른다는 사실을 떠올렸다. 작은아들은 말년에 어머니의 죽음이라는 가족의 비극을 맞이해서까지 이토록 철저하게 자신을 따돌리는 형을 욕하고 저주하며 어떻게 해서든 그 손수건을 되찾고 말겠다고 단단히 결심했다.

결과적으로 작은아들은 여동생들과 여동생 남편들에 의해 장례식장에서 쫓겨났다. 조문하러 온 문상객들을 붙잡고 손수건에 대해서 캐묻다가 급기야는 입관 절차를 보러 들어가서 손수건을 찾는다며 어머니의 수의를 뒤지기 시작했기 때문이었다. 여동생들은 이미 장례식장에 작은아들이 도착한 순간부터 저 작은오빠가 장례비용을 정산하기 전에 부의금을 전부 들고 튈지 모른다는 걱정을 의식적으로든 무의식적으로든 하고 있었다. 그래서 작은아들이 관에 누운 어머니의 수의를 들추고 말리는 장례지도사를 밀치고 폭언을 퍼붓자 더 이상 참을 수 없어 온 가족이 일치단결하여 작은아들을 몰아냈다. 손수건을 내놓으라며 버티는 작은아들을 어머니의 관에서 떼어내기 위해서 장례식장이 속해 있는 병원의 경비 요원들까지 달려오는 소동이 벌어진 끝에 작은아들은 장례식장에서 무사히 퇴출당했다. 이 시점에서 작은아들이 이미 손수건, 혹은 그 손수건에 깃든 무언가에 홀렸다는 사실은 아무도 알아차리지 못했다. 둘째 딸만이 작은아들을 억지로 택시에 태우고 택시비를 쥐여주고 손수건을 찾으면 꼭 보내주겠다고 작은오빠에게 열다섯 번 약속을 하고 차문을 닫고 택시가 드디어 간신히 출발한 뒤에 짜증 섞인 한숨을 내뱉으며 "저놈의 작은오빠가 노망이 났나, 그 손수건은 왜 그렇게 찾고 난리람?"이라고 중얼거렸을 뿐이었다. 이것은 중요한 질문이었으나 둘째 딸은 작은오빠가 퇴장했으니 남은 장례 절차를 차질 없이 진행하는 데만 골몰해 있었고 그리하여 고인은 딸들과 사위들과 외손주들이 지켜보는 가운데 손수건 없이 화장되었다. 작은아들에 대해서는 아무도 더 이상 생각하고 싶어하지 않았고 장례를 모두 마친 뒤에 손수건을 떠올린 사람은 더더구나 아무도 없었다. 장례비용을 정산해야 했고, 조문객들에게 감사 인사와 부의금에 대한 답례를 해야 했고, 병원에서 사망진단서를 떼어 구청에 가서 고인의 사망신고를 해야 했고 고인의 명의로 남아 있던 전화와 가스와 전기 등을 끊어야 했다. 장례가 끝난 뒤에도 유가족이 할 일은 다양하게 남아 있었고 작은아들도 손수건도 여기에는 아무 쓸모가 없었다.

작은아들에게는 평생 세 명의 아내가 있었으며 그중 첫 번째만 정식으로 결혼식을 올렸고 두 번째만 법적으로 혼인관계를 맺었다. 첫 번째 아내는 작은아들이 젊었을 때 흔히 그랬듯이 부모가 아는 사람의 소개로 만나서 '중매 반, 연애 반'으로 결혼에 이르렀으나 석 달도 지나지 않아 친정으로 돌아가버렸다. 이유는 분가해서 사는 시어머니가 매일같이 신혼집에 찾아와서 하루 종일 냉장고를 뒤지고 빨랫감을 들추며 아들의 식사와 옷가지와 잠자리를 점검하고 저녁이 되어도 집에 돌아가지 않고 신혼부부의 안방에서 며느리를 내쫓고 사랑하는 작은아들과 함께 자려 했기 때문이었다. 혼전 동거가 여자에게 큰 흠으로 여겨지고 이혼하면 여자는 재산도 아이도 모두 빼기고 몸만 내쳐지는 것이 일반적이었던 시절이라 모르는 집안에 들어가서 모르는 남자와 함께 살아야 하는 여성을 보호하기 위해 그 시절에 관습적으로 했던 방식이 결혼식을 올리고 나서도 한동안 함께 살아본 뒤에 혼인신고는 한참 지나 이만하면 법적인 부부가 되어도 좋겠다고 생각될 때 제출하는 것이었다. 첫 번째 아내는 그 시절에 이름 있는 여대를 2년 정도 다녀본 사람으로 딸을 대학에 보낼 만큼 진보적인 집안에서 존중받으며 성장했고 시대적이고 사회적인 배경을 감안하면 학력도 좋고 사리판단이 냉정하고 주관이 분명한 여성이었다. 그녀의 친정 사람들은 딸이 결혼하고 석 달도 지나지 않아 집에 돌아온 이유가 시집살이라는 말을 듣고 처음에는 그래도 출가외인이고 그 집 귀신이 되어야 하니 참아보라고 설득했으나 시어머니가 날마다 찾아와서 신혼의 며느리를 쫓아내고 아들과 함께 안방에서 자려 한다는 얘기를 듣고 표정이 변해서 입을 다물었다. 집에 남은 첫 아내의 물건들은 아내의 오빠가 와서 가져갔고 첫 번째 결혼은 그렇게 흔적 없이 짧게 끝났다.

작은아들은 그리하여 자유의 몸이 되었다. 돈은 어머니에게 말만 하면 화수분처럼 솟아났으므로 여자는 언제나 어디에나 많았다. 두 번째 아내는 그러한 과정에서 만난 여성으로, 작은아들이 집에 데려왔을 때는 이미 혼인신고를 마치고 뱃속에는 아기가 자라고 있는 상태였다. 두 번째 아내는 첫 번째에 비해 상당한 고단수로, 첫 임신으로 힘들다고 호소하며 매일같이 찾아오는 시어머니에게 살림을 떠맡겨버렸다.

그리고 남편이 시어머니에게서 돈을 더 받아내게 하기 위해 여러 가지로 궁리하고 노력하는 것을 주 업무로 삼는 타입이었다. 세간에서 말하는 현모양처라고 할 수는 없었으나 두 번째 아내는 자기 나름대로 현명하고 사람을 대하는 요령이 있고 자기 앞가림을 확실히 하는 여성이었으므로 임신과 출산과 갓난아기의 육아라는 폭풍과도 같고 전쟁과도 같은 과정을 거치는 동안 작은아들과 어머니와 두 번째 아내의 삼각관계는 그런대로 원만하게 유지되었다.

그 삼각관계가 무너진 것은 두 번째 아내가 자신이 임신한 동안 작은아들이 사업한다고 돌아다니면서 다른 여자들을 만났으며 그렇게 여러 여자들을 만나고 놀러 다니는 데 필요한 돈을 시어머니가 지원해주었다는 사실을 발견했을 때였다. 그 당시에 비슷한 처지에 있던 많은, 정말 수없이 많은 여성들과 달리 작은아들의 두 번째 아내는 자식을 위해 참지 않았다. 반대로 자식을 위해서 이럴 때 참으면 안 된다고 선언하고 변호사를 찾아내어 재판을 걸어서 위자료를 챙기고 깔끔하게 이혼하여 떠나버렸다. 이혼할 때 아이는 두 번째 아내가 데려갔고 어머니도 작은아들도 여기에 반대하지 않았는데 그 이유는 자식이 딸이었기 때문이다. 이후로 자식에게서도 전 아내에게서도 연락이 온 적은 없었고 작은아들도 연락해본 적이 없어 두 사람이 어떻게 되었는지는 모른다. 만약에 아이가 아들이었으면 어머니가 그렇게 쉽게 포기하지 않았을지 모른다는 생각은 작은아들도 가끔, 아주 가끔 떠올렸다. 만약에 아이가 아들이었다면 자신이 키우겠다고 주장했을지 생각해보면 작은아들은 아무래도 딱 부러지는 대답을 찾을 수 없었다. 그것도 이미 삼십 년 전의 일이다.

그 뒤로 수많은 여자들이 작은아들의 삶을 지나갔으며 지금 함께 사는 세 번째 아내는 사랑 때문도 아니고 젊은 시절 그러했듯이 작은아들 본인의 남성미나 매력이나 경제력을 과시하기 위해서도 아니고 순전히 서로 이해관계가 맞아서 편의상 함께 살게 된 사이였다. 어머니가 노쇠하여 살림을 돌봐주기 어려워진 이후로 작은아들에게는 밥하고 빨래하고 청소해줄 사람이 필요했고 현재의 세 번째 아내에게는 안정적인 주거와 생활비를 제공해줄 사람이 필요했다. 세 번째 아내는 작은아들보다 스무 살 정도 어렸지만 작은아들이 지금 칠순을 바라보는 나이인 걸 생각하면 세 번째 아내도 마냥 젊지는 않았다. 처음 만났을 때 지금의 세 번째 아내는 자신이 자식 없이 홀로 된 과부라고 말했지만 나중에 함께 살게 되고 나서 보니까 아무래도 자식이 있는 모양이었다. 자신이 주는 생활비에서도 얼마 정도 슬쩍슬쩍 빼내어 자식에게 보내주는 눈치였지만 작은아들은 모른 척했다. 혼인관계가 아니니까 이혼소송을 또 할 필요는 없겠지만 그래도 이제 와서 다 늙은 나이에 갈라서네 마네 그 남우세스러운 다툼을 또 해야 하다니, 무엇보다도 살림해줄 사람을 또다시 구해야 하다니 참으로 귀찮기 짝이 없기 때문이었다. 그러나 이제는 어머니가 돌아가셨으니 지금 가진 돈만으로 노후를 버텨야 한다. 슬금슬금 빼돌리는 금액을 눈감아줄 여유도, 남의 자식에게 흘러 들어가는 돈을 못 본 척할 관용도 이제는 없다. 세 번째 아내하고도 슬슬 정리할 때가 온 것일까, 작은아들은 침울하게 생각했다.

그러나 손수건. 작은아들은 손수건을 떠올렸다. 세 번째 아내는 여자니까, 여자들이 쓰는 그런 물건을 어디 가면 찾을 수 있는지 알지도 모른다. 세 번째 아내에게 손수건을 찾아오라고 해야겠다. 작은아들은 그렇게 결정했다. 한 달이 채 지나지 않아 작은아들의 세 번째 아내는 집을 나가버렸다. 작은아들의 통장과 인감과 신분증, 어머니가 남긴 패물도 모두 그녀와 함께 사라졌다.

작은아들이 집에 돌아왔을 때 세 번째 아내는 낯선 젊은 남자와 함께 앉아 차를 마시며 텔레비전을 보고 있었다. 조카라고 소개했지만 작은아들은 두 사람의 긴장한 얼굴과 어색한 태도를 보고 이게 세 번째 아내가 숨겨둔 그 아들이라는 사실을 금방 눈치챘었다.

"뭐하니, 인사드려야지."

세 번째 아내가 대단히 어색한 태도로 조카 혹은 아들을 재촉했다.

"우리 사장님이셔. 상 치르러 가셨다고 해서, 오늘은 늦게 오실 줄 알고…… 혼자 있기 무서우니까, 조카보고 좀 와달라고 했어요, 요즘은 세상이 험해서……."

세 번째 아내가 부자연스럽게 여러 가지 설명을 덧붙였다. 모르는 젊은 남자가 서둘러 일어서서 말없이 꾸벅 인사했다. 그리고 허겁지겁 웃옷을 챙겨 입고 거실에서 나가려 했다.

"왜, 좀 더 있지……."

작은아들이 체면상 마음에 없는 말을 했다.

"아뇨, 손님도 오셨는데요…… 실례 많았습니다……."

젊은 남자가 작은 목소리로 말했다. 작은아들이 어처구니가 없어서 반박했다.

"손님이라니, 여긴 내 집인데……."

그때 세 번째 아내가 되물었다.

"손님? 누가 오셨어?"

"저기, 같이 오신 분이……."

젊은 남자가 말하면서 목을 길게 빼어 현관을 내다보았다. 세 번째 아내도 같이 내다보았다.

현관에는 아무도 없었다.

"어? 아까……."

젊은 남자가 당황하며 고개를 두리번거렸다. 뭔가 말할 듯 입을 열었다가 더욱 당황하며 입을 다물었다. 그리고 황급히 웃옷을 마저 입고 빠른 걸음으로 현관으로 나가서 순식간에 신발을 신었다.

"실례 많았습니다."

젊은 남자가 다시 한번 말하고 꾸벅 고개 숙여 인사했다. 그리고 작은아들이 대답을 하기 전에 황급히 나가버렸다.

그것이 전조였다.

다음 날 작은아들의 세 번째 아내는 새벽 일찍 잠이 깨었다. 잠에서 깬 뒤에도 잠시 지금이 꿈인지 현실인지 분간할 수 없어 그대로 어둠 속에 누워 있었다. 꿈속에서 세 번째 아내는 산길을 올라가고 있었다. 어떤 물건을 찾기 위해서였는데, 그 물건이 무엇인지는 꿈에서 깨고 나니 전혀 생각나지 않았지만 어쨌든 꿈속에서는 굉장히 중요한 물건이었다. 그러나 아무리 헤매도 앞은 칠흑 같은 어둠뿐이고 가도 가도 내리막이 나오지 않고 오르막은 더욱 가팔라질 뿐이었다. 세 번째 아내는 뒤에 따라오고 있을 작은아들을 불렀다. 현실에서 작은아들은 사실혼 관계의 남편이라 할 수 있었으나 그 꿈속에서 작은아들은 자신의 아들이었다. 어쨌든 자신이 꿈속에서 꼭 찾아야 했던 그 중요한 물건을 찾으려면 작은아들의 도움이 필요했고 둘이 함께 찾아야만 하는 물건이었으므로 세 번째 아내는 뒤돌아서 작은아들을 부르려 했다. 고개를 돌렸더니 어둠 속에 저 멀리서 작은아들이 오고 있었다. 희끄무레한 모습이 보였는데, 점차 가까워질수록 그 희끄무레한 모습이 작은아들이 아니라 작은아들의 등에 업힌 누군가라는 사실을 알게 되었다. 등에 업힌 사람은 여자 같았는데, 길고 치렁치렁한 흰옷을 입고 있었고 그 옷자락이 작은아들의 몸에 휘감기고 다리에 걸려서 작은아들은 그렇지 않아도 험준한 오르막길을 걸어 올라오면서 무진 애를 쓰고 있었다. 세 번째 아내는 작은아들에게 다가가서 다리에 감긴 옷자락을 풀어주려 했다. 그때 작은아들의 등에 업힌 여자가 고개를 들고 세 번째 아내를 쳐다보았다.

— 꺼내.

등에 업힌 여자가 말했다.

— 꺼내!

작은아들의 등에 업힌 여자가 고함을 질렀다. 그 새파란 얼굴과 크게 벌린 입안에서 번쩍이는 초록색 이빨을 보며 놀라서 세 번째 아내는 헉, 하고 잠에서 깼다.

천장을 쳐다보며 현실로 돌아와서 잠시 숨을 고른 뒤에 세 번째 아내는 남편이 잘 자고 있는지 보려고 몸을 돌렸다. 흰옷을 입은 사람이 자신과 남편 사이에 누워 있었다. 옷자락과 함께 머리카락이 다리에 감길 정도로 길었다. 세 번째 아내가 지금 자신이 보고 있는 것이 꿈인지 헛것인지 현실인지 구분하기 위해 흰옷 입은 사람 위로 고개를 숙였을 때 흰옷 입은 사람이 돌아보았다. 새파란 얼굴에 초록색 이빨이 튀어나와 있었다. 세 번째 아내는 비명을 지르며 굴러떨어지듯 침대에서 뛰쳐나와 안방 불을 켰다.

"왜…… 왜 그래? 무슨 일이야?"

작은아들이 침대에서 고개를 반쯤 들고 잠긴 목소리로 물었다. 세 번째 아내는 겁에 질려 크게 뜬 눈을 두리번거리며 자신이 뛰쳐나와 젖혀진 이불 아래를 살폈다. 침대에는 작은아들 외에 아무도 없었다.

"왜 그래? 자다 말고……."

작은아들이 책망했다. 세 번째 아내가 가까스로 숨을 고른 후에 말했다.

"아, 아니에요…… 꿈을 꿔서……."

"불 꺼."

작은아들이 귀찮다는 듯 내뱉고 다시 베개 위에 고개를 눕히고 눈을 감았다. 세 번째 아내는 덜덜 떨면서 안방 스위치를 눌렀다. 불이 꺼졌다. 방이 깜깜해졌고 침대 위에 아까 보았던 하얀 물체는 보이지 않았다.

세 번째 아내는 한숨을 쉬었다. 다시 침대로 돌아갈 마음은 도저히 나지 않았다.

세 번째 아내는 소리를 내지 않도록 조심스럽게 돌아서서 등 뒤로 안방 문을 닫았다. 부엌으로 나왔다. 부엌 불을 전부 켜고 식탁 앞에 잠시 앉아 있었다. 그리고 일어나서 쌀을 씻기 시작했다.

그로부터 일주일 뒤에 세 번째 아내는 무당을 찾아갔다. 남편이 매일같이 손수건을 찾아오라고 들볶아댔기 때문이었다. 처음에 세 번째 아내는 잘 이해하지 못하여 백화점에 가서 새 손수건을 사 왔다. 남편은 화를 냈다. 이게 아니라는 말을 되풀이하며 역정을 냈다. 다시 이야기를 잘 들어보니 남편이 찾고 있는 것은 새 손수건이나 고급 손수건이 아니라 어떤 특정한 손수건 같았다. 그러나 그 손수건을 어디서 찾을 수 있는지 세 번째 아내가 알 리 없었다. 자신이 할 수 있는 기술을 총동원하여 검색도 해보고 시장이나 상점에 가서 물어보기도 했지만 남편이 찾는 것과 같은 손수건은 없었다. 남편은 매일같이 손수건을 찾아내라고 세 번째 아내를 닦달했고 세 번째 아내는 점점 지쳐갔다.

그와 함께 꿈이 점점 심해져갔다. 꿈속에서 세 번째 아내는 산길을 오르고 있기도 했고 나무에 매달려 기어오르고 있기도 했고 무너져가는 건물의 계단을 오르고 있기도 했다. 어쨌든 어딘가 힘겨운 곳을 하염없이 올라가고 있었지만 아무리 애를 써도 계속 올라가기만 할 뿐 오르막은 끝나지 않았고 목적지도 알 수 없었다. 그리고 뒤를 돌아보면 하얀 옷을 입은 파란 얼굴의 여자가 초록색 이빨을 드러낸 채 남편의 등에 업혀 옷자락으로 남편의 몸을 휘감고 따라오고 있었다. 남편은 지금 올라가는 곳의 꼭대기에 있는 무언가를 찾아오라고 세 번째 아내를 다그쳤고 그러면서 여자의 하얀 옷과 검은 머리카락에 몸이 휘감겨 올라오지 못하고 점점 아래로 끌려 내려갔다. 세 번째 아내가 옷자락을 풀어주려고, 혹은 붙잡아 끌어 올려주려고 다가가면 여자가 사납게 소리쳤다.

— 꺼내!

그리고 세 번째 아내는 숨을 헐떡이며 잠에서 깨곤 했다.

그리고 눈을 뜬 순간 파란 얼굴의 여자와 시선이 마주쳤다.

여자는 남편과 세 번째 아내 사이에 누워서 세 번째 아내를 빤히 바라보고 있었다. 이전에 남편의 몸에 감겨 있던 하얀 옷자락과 검은 머리카락이 이번에는 세 번째 아내의 몸에 감겨 있었다. 소리 지르고 싶었지만 입이 벌어지지 않았다. 몸도 움직이지 않았다. 파란 얼굴의 여자가 몸을 일으켜 세 번째 아내 위로 천천히 굼실굼실 기어왔다. 세 번째 아내는 움직일 수 없었다. 눈도 깜빡일 수 없었다. 파란 얼굴의 여자가 세 번째 아내의 몸 위에 올라앉아 얼굴을 귀에 대고 중얼거렸다. 그 목소리가 끔찍하고 귀에 닿는 초록색 이빨이 소름 끼쳤으나 여자가 하는 말은 한마디도 알아들을 수 없었다. 여자는 점점 더 빠른 소리로 중얼거렸으나 그 목소리는 커지지도 작아지지도 않았고 여전히 무슨 말을 하는지 전혀 알아들을 수 없었다. 세 번째 아내는 남편에게 도움을 청하려 했으나 몸을 움직일 수 없었고 남편은 등을 돌린 채 곤히 자고 있었다.

"여보."

누군가 세 번째 아내의 몸을 흔들었다. 세 번째 아내는 번쩍 눈을 떴다.

"여보."

세 번째 아내는 비명을 지르며 깨어났다.

"왜 그래? 사람 잠도 못 자게 계속 뭐라고 중얼거리고……."

남편이 짜증 가득한 얼굴로 침대에 일어나 앉아 자신을 쳐다보고 있었다.

"제, 제가 뭐라고 그랬는데요?"

세 번째 아내가 물었다. 아직도 숨을 헐떡이고 있었다.

"몰라. 무슨 꿈을 꿨나 보지."

남편은 이렇게 말하고 다시 누워서 몸을 돌리고 금방 도로 코를 골기 시작했다.

세 번째 아내가 찾아간 무당은 유명하지도 않고 아는 사람의 소개를 받아 찾아간 것도 아니고 그냥 지나가다 우연히 눈에 띄어서 들어간 곳에 앉아 있던 사람이었다. 그리고 이 무당은 무속인이 아니라 사기꾼이었다. 여기서 무속인이 아니라는 사실이 중요하다. 마치 민속신앙과 관련된 종교적 기능을 수행하는 듯한 간판을 내걸었으나 이 인물은 신내림을 받은 적도 없고 초월적 세계에 관심도 없고 영험한 기운 따위 평생 단 한 번도 가져본 적이 없으며 그저 자신을 찾아온 불행한 사람들의 한탄을 들어주는 척한 뒤에 거짓말로 잘 구슬려서 돈을 뜯어내는 재능만으로 오랜 시간을 살아온 협잡꾼이었다. 세 번째 아내가 들어오는 것을 보고 사기꾼은 큰 소리로 외쳤다.

"남편이 바람났구먼!"

중년 여성이 어두운 얼굴로 자신을 찾아올 때는 통계적으로 불륜 문제인 경우가 많다는 것이 사기꾼의 경험이었다. 이전에는 자식이나 돈과 관련된 문제도 일정 비율로 존재했으나 요즘 기혼 여성들은 이전 세대보다 세상 물정을 잘 알고 정보력도 뛰어나서 현실적으로 해결할 수 있는 문제인 경우에는 실질적인 대응책을 알고 있는 전문가를 찾아갔다. 다만 불륜의 경우 변호사를 찾기 전에 무속의 힘을 빌려 배우자의 마음을 돌려보고자 하는 고객들이 여전히 상당수 있었다. '가정을 깬다'는 말이 가지는 무게가 여전히 상당한 압박으로 작용하기 때문이었다. 배우자가 불륜을 저지른 시점에서 가정은 이미 깨졌음을 인정하기란 그만큼 어려운 일인지도 모른다.

세 번째 아내는 사기꾼의 말에 긍정도 부정도 하지 않고 곤란한 표정을 지었다. 엄밀히 말하면 불륜은 아니었지만 파란 얼굴의 여자가 누구이며 어째서 밤마다 꿈속에서 남편의 등에 달라붙어 있는지 알지 못했으므로 불륜이 아니라고 딱 잘라 말할 수도 없었다. 세 번째 아내의 표정을 보고 사기꾼이 얼른 이어서 내질렀다.

"여자가 젊은데!"

이 역시 통계적으로 흔한 경우에 대하여 전반적으로 언급했을 뿐이지만 세 번째 아내는 이 말이 대충 틀리지는 않다고 느꼈다. 여자의 파란 얼굴만 봐서는 나이를 짐작할 수 없었지만 길고 검은 머리 때문에 상당히 젊게 느껴졌다.

"떼어낼 방법이 없을까요?"

세 번째 아내가 물었다. 이것이야말로 사기꾼이 기다리던 질문이었다.

사기꾼은 세 번째 아내에게 부적을 써주었다. 다시 말하지만 이 사기꾼은 사기꾼일 뿐이며 무속인이 아니므로 그가 써주는 부적은 근본도 없고 대부분의 경우 고객에게 그 순간만의 심리적 안도감을 제공해주는 것 외에 아무런 효험도 없었다. 사기꾼은 부적을 써준 뒤에 문제가 해결되면 자신이 영험하다고 주장하면 되고, 문제가 해결되지 않는다면 '지독한 것'이 붙었으니 굿을 해야 한다고 주장하여 고액의 굿값을 뜯어낼 예정이었다. 한 번의 굿으로 문제가 해결되지 않고 굿하는 시늉을 여러 번 해서 많은 돈을 지속적으로 뜯어낼 수 있다면 정말 최고의 고객일 터였다.

놀랍게도 사기꾼이 써준 부적은 효험이 있었다. 세 번째 아내는 사기꾼이 시킨 대로 부적을 남편의 베개 속에 몰래 집어넣었다. 그날 밤부터 세 번째 아내는 악몽을 꾸지 않고 잠을 푹 잘 수 있게 되었다.

다만 이 부적에는 부작용이 있었다. 그것은 세 번째 아내가 애초에 기대했던 것과는 정반대의 결과를 가져왔다. 파란 얼굴의 여자 외에도 여러 다른 존재들이 부적 주변에 모여들었으며 그중 대부분은 반갑지 않은 존재들이었다. 남편은 이제 밤에 잠을 자다 말고 일어나서 밖으로 나가게 되었다.

처음에 세 번째 아내는 남편이 한밤중에 밖에 나간다는 사실을 깨닫지 못했다. 계속 악몽에 시달려 심하게 지쳐 있다가 오랜만에 푹 잘 수 있었기 때문이다. 세 번째 아내는 푹 자고 일어나서 남편에게 아침 식사를 차려주고, 남편이 나간 뒤에 침대를 정리하다가 이불과 침대보에 뭔가 더러운 것이 잔뜩 묻어 있음을 발견했다. 남편이 벗어두고 나간 잠옷에도 쓰레기가 묻어 있고 냄새나는 구정물 같은 것이 배어 있었다. 세 번째 아내는 놀라서 서둘러 빨래와 청소를 시작했고 그래서 쓰레기와 구정물이 어디에서 유래했는지 자세히 살펴보지 않았다. 저녁에 남편이 돌아왔을 때 세 번째 아내는 남편에게 이부자리와 잠옷에 묻어 있던 것에 대해 물어볼까 하다가 그만두었다. 남편은 이제 입을 열면 오로지 손수건 얘기만 했으며 아침에 집에서 나가는 이유도 손수건을 찾기 위해서였고 저녁에 돌아오면 손수건을 찾았는지 세 번째 아내에게 캐물었다. 쓰레기와 구정물은 유쾌한 주제가 아니었고 남편이 원하는 손수건을 오늘도 찾지 못해서 시달리는 마당에 불쾌한 일에 대해 물어본다고 해서 좋은 결과가 있을 것 같지 않았다. 세 번째 아내는 녹음기처럼 손수건을 반복해서 묘사하며 집착하는 남편을 적당히 달래서 저녁을 먹이고 밤이 되자 잠자리에 들었다.

다음 날 남편은 아침 일찍부터 어디론가 나가고 없었다. 그리고 이번에는 이부자리와 잠옷은 물론 남편 쪽의 장롱 앞 방바닥에도, 안방 문 양쪽에도 구정물과 진흙과 쓰레기가 잔뜩 묻어 있었다. 세 번째 아내는 다시 청소를 하고 이부자리를 걷어서 세탁기에 집어넣으며 대체 무슨 일이 일어나는지 오늘 밤에는 꼭 지켜봐야겠다고 마음먹었다.

남편은 그날따라 집에 늦게 들어왔다. 후줄근해진 옷차림에 땀 냄새와 함께 뭔지 알 수 없는 시큼하고 역겹고 기분 나쁜 냄새를 풍기며 돌아와서 몹시 지친 표정으로 저녁도 먹지 않고 평소에 늘어놓던 손수건에 대한 장광설도 늘어놓지 않고 그대로 쓰러지듯이 잠자리에 들었다. 옷이 너무 지저분하고 냄새가 났기 때문에 세 번째 아내는 남편에게 옷이라도 갈아입고 자라고 권하려다가 밤중에 무슨 일이 벌어질지도 모른다는 생각에 입을 다물었다. 기다렸다.

침대 옆에 의자를 가져다 놓고 앉아서 잠든 남편을 지켜보다가 세 번째 아내는 깜빡 잠이 들었다. 부스럭거리는 소리에 깨어보니 남편이 주섬주섬 일어나서 안방 문을 열고 나가는 중이었다. 세 번째 아내는 남편에게 들키지 않기 위해서 조금 기다렸다가 반쯤 열린 안방 문을 통해 따라 나갔다. 남편은 뒤돌아보지도 않고 비척비척 걸어갔다. 세 번째 아내는 따라갔다. 남편은 현관에서 신발도 신지 않고 현관문을 밀어 열고 하루 종일 신고 있다가 신은 채로 침대에 들었던 양말 바람 그대로 집 밖으로 나갔다. 세 번째 아내는 서둘러 신발을 꿰어 신고 따라 나갔다. 남편은 엘리베이터를 타지 않고 계단으로 비틀비틀 내려가기 시작했고 세 번째 아내는 조금 고민하다가 엘리베이터를 탔다. 아파트 현관 그늘에 숨어서 세 번째 아내는 내가 지금 뭘 하는 짓인지 잠시 고민했다. 그러나 완전히 회의적이고 현실적인 결론을 내리기 전에 계단에서 남편의 모습이 나타났기 때문에 긴장해서 숨을 죽였다. 남편은 아파트 건물 바깥으로 비척비척 걸어 나갔다. 곧장 쓰레기장으로 향했다. 그리고 일반쓰레기통을 열고 몸을 숙여 거의 쓰레기 수거함 안에 들어가다시피 해서 안을 뒤지기 시작했다.

"없어…… 없어……."

쓰레기를 뒤지면서 남편은 중얼거렸다.

— 꺼내…… 꺼내…….

남편과는 다른 목소리가 남편과 동시에 중얼거렸다.

세 번째 아내는 남편을 말리려다가 그 목소리를 듣고 제자리에 멈추어 섰다. 남편은 계속 쓰레기를 뒤졌고 낯선 목소리와 함께 계속 같은 말을 중얼거렸다. 그러다가 남편은 허리를 펴고 쓰레기 수거함에서 나와서 어디론가 비척비척 걸어가기 시작했다.

세 번째 아내는 남편을 따라가야 할지 고민했다. 시간은 한밤중이었고 주변은 조용했으며 원래 밤이 되면 인적이 별로 없는 주택가였지만 그날따라 사람은 물론 지나가는 자동차 한 대 없었다. 남편을 따라가서 깨워서 정신 차리게 하고 집에 데려가야겠다는 것이 가장 먼저 떠오른 생각이었으나 이어서 꺼내라고 중얼거리던 그 낯선 목소리가 남편의 목소리와 함께 떠올랐다. 집에 돌아가서 아무 일 없었다는 듯이 밤을 지내고 아침에 남편이 돌아오기를 기다린다는 선택지와, 그렇게 해가 뜨고 나면 남편을 데리고 병원에 가본다는 선택지, 그리고 남편이 나간 사이에 이대로 짐을 챙겨서 도망친다는 선택지가 머릿속에서 휘몰아쳤다. 떠나는 것이 선택지라고 명확하게 생각하기는 이번이 처음이었다. 남편의 노후를 돌보아야 할 것이라 예상은 하고 있었지만 그 노후가 이런 방식으로 이렇게 찾아오리라고는 상상하지 못했다. 이것은 일반적인 돌봄의 영역이 아니었다. 세 번째 아내는 생각했다. 그래도 어쨌든 세 번째 아내는 크게 심호흡을 하고 옷깃을 여민 뒤에 남편을 찾아 아파트 마당을 가로질러 주차 차단기 밖으로 걸음을 옮겼다.

남편은 아파트 단지에서 나와서 길을 건너 한참 걸어 들어간 골목 안에 있었다. 세 번째 아내는 어둠과 추위 속에 종종걸음으로 동네를 한동안 헤맨 뒤에야 남편의 모습을 발견했다. 남편은 전봇대 아래 주저앉아서 어느 집에서 내버린 쓰레기 종량제 봉투를 뜯어서 뒤지고 있었다.

세 번째 아내는 남편을 불렀다. 남편은 돌아보지 않았다. 세 번째 아내는 다시 불렀다.

남편이 천천히 반쯤 고개를 돌렸다. 초점 없는 둥근 눈이 샛노랗게 빛났다. 입에서 침을 흘리며 중얼거리고 있었다.

"없어…… 없어……."

그 주변에 새파란 얼굴들이 공중에 떠서 남편과 함께 합창하듯 중얼거렸다.

— 꺼내…… 꺼내…….

세 번째 아내는 자기도 모르게 날카롭게 숨을 들이켰다. 남편이 시선을 들어 세 번째 아내를 똑바로 쳐다보았다. 남편의 몸은 전봇대를 향하여 세 번째 아내에게 등을 돌리고 있었고 얼굴은 등 위에서 세 번째 아내를 정면으로 바라보고 있었다. 동시에 남편 주위에 떠 있던 새파란 얼굴들이 다 함께 세 번째 아내를 쳐다보았다.

— 꺼내…… 꺼내…….

새파란 얼굴들이 초록색 이빨을 드러내며 중얼거렸다.

세 번째 아내는 돌아서서 뛰었다. 단숨에 아파트 단지를 가로질러 건물 현관 비밀번호를 잘못 눌러서 두 번 더 눌렀다가 문이 열리자마자 안으로 달려가서 엘리베이터 버튼을 눌렀다가 엘리베이터가 아무래도 오지 않았기 때문에 집까지 계단을 달려 올라갔다. 집 현관문 비밀번호는 단번에 제대로 눌렀고 안에 들어가자마자 사슬을 걸고 도어록의 이중잠금 버튼을 눌렀다. 그리고 세 번째 아내는 가쁜 숨이 진정될 때까지 현관문 잠금장치를 있는 힘껏 붙잡은 채 현관에 쪼그리고 앉아서 덜덜 떨고 있었다. 정신이 들자마자 세 번째 아내는 자기 아들에게 전화했다. 잠에 취해 횡설수설하는 아들에게 이유는 나중에 설명할 테니 당장 오라고 소리쳤다. 세 번째 아내는 상냥하고 부드러운 사람이었고 아들은 어머니가 이렇게 소리 지르며 흥분하는 모습을 본 적이 일생에 몇 번 없었다. 그래서 아들은 서둘러 일어나서 어머니를 맞이하러

왔다.

아들이 도착할 때까지 세 번째 아내는 현관문 잠금장치를 붙잡고 앉아 있었다. 머릿속에 여러 생각들이 오갔다. 가장 커다랗고 압도적인 생각은 노란 눈의 남편이 떠다니는 파란 얼굴들을 데리고 집으로 돌아올지도 모른다는 두려움이었다. 그리고 하필 노란 눈의 남편이 파란 얼굴들을 데리고 집으로 돌아왔을 때 아들이 도착할지 모른다는 공포가 그 뒤를 이었다. 두려움과 공포심에 떠밀려 빨리 떠나야 한다는 조바심이 마음속에서 무럭무럭 자라났다. 빨리 떠나려면 짐을 챙겨야 하는데, 현관문 잠금장치를 붙잡은 손을 도저히 놓을 수 없었다. 손을 놓으면 당장 남편이 노랗게 빛나는 눈으로 문을 열고 파란 얼굴들을 데리고 들어올 것만 같았다. 그 장면이 눈앞에 어른거려 다리에 힘이 풀리고 일어날 수가 없었다.

세 번째 아내의 아들이 도착했고 노란 눈의 남편은 돌아오지 않았다. 문밖에서 부르는 아들의 건강하고 정상적인 목소리를 듣고서야 세 번째 아내는 숨을 제대로 쉬고 일어나서 현관문을 열 수 있었다. 아들이 들어와서 자초지종을 물었지만 세 번째 아내는 아들의 손만 잡은 채 한동안 벌벌 떨었다.

짐을 챙기기 시작하면서 세 번째 아내는 매우 빠르게 현실로 돌아왔다. 남편이 통장과 인감을 어디에 보관하는지는 익히 알고 있었다. 남편은 모바일 앱을 불신했고 인터넷 뱅킹을 귀찮아했으며 무엇보다도 남편의 유일한 돈줄인 어머니가 모바일도 인터넷도 사용할 수 없었다. 그래서 남편은 은행거래를 할 때 언제나 가족관계를 증명하는 서류와 어머니의 신분증과 통장과 인감 혹은 자신의 통장과 현금카드를 들고 은행에 직접 가서 처리했다. 그런 남편을 대신해서 세 번째 아내는 몇 번이나 남편의 신분증과 통장과 인감과 현금카드 등을 가지고 은행에 돈을 받으러 혹은 돈을 넣으러 가본 적이 있었다. 남편이 처음 세 번째 아내에게 통장과 인감을 맡기기까지는 시간이 상당히 오래 걸렸지만 맡기고 나서도 아무 일도 일어나지 않고 세 번째 아내가 자신이 시킨 대로 정확하고 정직하게 처리했음을 알고 나서 남편은 수시로 세 번째 아내에게 은행거래 심부름을 시켰다. 그러므로 세 번째 아내는 남편의 통장에 잔고가 얼마나 남아 있는지 정확하게 알고 있었다.

장례가 끝난 뒤에 남편은 어머니가 남겨준 통장과 어머니가 남겨준 패물을 집에 가지고 와서 자신만 아는 장소에 보관했다. 그곳은 즉 남편은 자신만 안다고 생각했지만 사실은 세 번째 아내도 알고 있는 장소였다. 세 번째 아내는 금고를 열고 통장과 인감과 신분증과 패물을 꺼냈다. 그리고 누렇게 빛나는, 그다지 예쁘지 않지만 무겁고 값나가 보이는 패물을 잠시 바라보았다. 세 번째 아내는 평생 그런 물건을 가져본 적이 없었다.

세 번째 아내는 가난한 집에서 태어나 어린 나이에 가난한 남자와 결혼했다. 남편은 일하다 사고를 당해 젊어서 죽었고 어린 아들과 함께 살아남기 위해서 세 번째 아내는 남편의 목숨값으로 받은 쥐꼬리만 한 보상금으로 노점을 시작했다. 불량배들에게 뜯기기도 하고 구청 직원들에게 단속을 당하기도 하여 장사가 좀 될 만하면 부서지고 또다시 시작했다가도 장사가 될 만하면 빼앗기길 거듭한 끝에 단속 나온 직원들과 몸싸움하다가 다쳐서 그녀는 노점을 그만두었다. 그런 뒤에는 공장에 다니기도 했고 식당과 모텔 같은 곳에서 청소를 하기도 했고 공장에 다니면서 쉬는 날이면 식당과 모텔에서 청소일을 하기도 했다. 그렇게 결사적으로 일하면서 키운 아들이 학교를 졸업하고 취직해서 제 앞가림을 할 수 있게 되었다. 조금 숨을 돌릴 수 있게 되자 세 번째 아내는 공부를 해서 간병사 자격증을 취득했다. 그런 뒤에 주로 노인 환자들을 돌보는 일을 하다가 현재 남편의 어머니를 돌보게 되었고 그 어머니의 추천으로 현재 남편의 집에 입주 가정부와 같은 형태로 함께 살게 되었다. 가정부에서 사실혼 관계의 아내로 승격한 뒤에도 안방 침대에서 잠을 자게 되었다는 점 외에 생활에 그다지 달라진 것은 없었다. 남편과 남편 어머니의 은행 심부름을 하게 되었다는 사실이 중요한 변화라면 변화였다.

가정부와 아내의 결정적인 차이점은 퇴직금 액수에 있었다. 다시 말해 현재 남편의 노후와 임종을 돌보는 조건으로 재산을 어느 정도 남겨주겠다는 것이 암묵적인 거래였다. 명시적으로 어느 시점에서 얼마의 재산을 남겨줄 것인지 논의한 적은 없었다. 세 번째 아내도 묻지 않았다. 자신의 입장은 그만큼 불안정하다는 사실을 알고 있었기 때문이다. 묵시적인 거래와 막연한 희망만으로 몇 년이 흘렀고 그동안 남편은 꼭 필요한 생활비 외에 세 번째 아내에게 여분의 돈을 주거나 재산 가치가 있는 품목을 선물한 적이 없었다. 그녀는 잠자리를 함께할 수 있는 가정부 그 이상도 이하도 아니었다.

그러나 잠자리를 함께하고 생활을 돌보며 몇 년이나 같이 지냈다는 사실은 중요했다. 사실혼 관계를 입증할 수 있다면 자신도 배우자로서 지금 눈앞에 있는 재산 일부를 받을 권리가 있다는 점을 세 번째 아내도 알고 있었다. 법이 바뀌어 형제들이 유류분을 주장할 권리를 없앤다고 하니 어쩌면 남편이 남기는 집도 돈도 다 자신의 것이 될 수 있을지도 모른다. 그러면 남편이 타고 다니는 큰 외제차는 아들에게 주고, 장가

보낼 때는 번듯한 집도 구해주고…… 그런 꿈을 꾸어보지 않은 것도 아니었다. 누구나 더 나은 미래를 꿈꾸는 법이고, 누구나 그럴 권리가 있기 때문이다.

남편이 파란 얼굴들을 몰고 다니며 쓰레기봉투를 뒤지는 것은 그녀가 꿈꾸던 미래가 아니었다. 세 번째 아내는 통장과 인감과 패물을 모두 챙겼다. 그 외에는 아들을 재촉해서 갈아입을 옷가지 몇 개와 세면도구만 꺼내 서둘러 집을 나왔다. 나가다가 생각이 나서 남편이 언제나 현관 옆 신발장 위에 팽개쳐두는 차 열쇠도 챙겼다. 세 번째 아내는 그렇게 아들과 함께 떠났다.

선배가 이야기를 멈추었다. 나는 기다렸다. 선배는 좀처럼 다시 입을 열지 않았다.

"그게 끝이에요?"

내가 조급하게 물었다.

"그래서 어떻게 됐어요?"

"뭐가요?"

선배가 빙글빙글 웃으면서 되물었다.

"그 작은아들요, 어떻게 됐어요? 손수건은 또 뭐예요? 그 파란 얼굴 여자는 귀신이에요? 왜 귀신이 됐어요? 꺼내라는 말은 또 무슨 뜻이에요?"

"아, 하나씩 해요."

선배가 여전히 웃으며 말했다.

작은아들의 신병을 인수해 가라고 처음 연락을 받은 사람은 삼십 년 전에 그에게 버림받은 딸이었다. 관공서의 전화를 받고 딸은 그런 사람 모른다고 단칼에 전화를 끊어버렸다. 이후 연락이 돌고 돌아서 마침내 실제로 보호시설에 있던 작은아들을 데리러 온 사람은 막내 여동생이었다.

작은아들은 짧은 시간 안에 전혀 알아볼 수 없을 정도로 변해 있었다. 비쩍 말라서 양볼은 푹 들어갔고 초점 없는 눈은 퀭했고 머리카락은 전부 새하얗게 세어버렸고 게다가 반은 빠져서 정수리가 훤히 들여다보였다. 그런 모습으로 작은아들은 맨발에 썩은 냄새가 나는 더럽고 찢어진 양복을 입고 쓰레기 수거함을 뒤지면서 다니다가 동네 주민의 신고로 경찰에서 노인보호시설로 인계되었다. 막내 여동생이 데리러 갔을 때 작은아들은 여전히 초점 없는 눈으로 품에 천 조각을 꼭 껴안고 계속 알 수 없는 말을 중얼거리고 있었다.

"저게 뭐예요? 뭐라고 하는 거예요?"

막내 여동생이 작은오빠의 변모한 모습을 마주한 충격이

가신 뒤에 보호시설 직원에게 물었다. 직원은 고개를 가로저었다.

"손수건 같은데 꽉 쥐고 놓지를 않으셔서 그냥 뒀습니다. 손에서 빼려고 하면 굉장히 동요하셔서…… 뭔가 꺼내달라고 계속 말씀을 하시는데, 뭘 꺼내라는 건지는 모르겠어요."

막내 여동생은 작은오빠가 소중하게 쥐고 있는 물건을 흘끗 들여다보았다. 한때는 흰색이었을 것 같지만 거무스름한 회색으로 더러워져서 뭔지 잘 알아볼 수 없었다. 그리고 막내 여동생이 그 물건을 유심히 보는 것을 눈치채자 작은아들은 발작적으로 소리치기 시작했다.

"꺼내! 꺼내! 꺼내!"

막내 여동생은 이런 상태로 작은오빠를 집으로 데려갈 수는 없다고 결론을 내리고 급히 요양병원을 알아보기 시작했다. 언니들에게 전화를 걸어 도움을 청했으나 큰딸도 둘째 딸도 작은오빠 얘기라면 넌더리부터 냈고 어머니가 남긴 돈이 아직 남아 있을지, 요양병원 비용으로 쓸 수 있을지 논의했으나 물론 작은아들의 집에 막내 여동생이 찾아갔을 때 어머니가 남긴 돈은 남아 있지 않았다. 거기서부터 또 다른, 새롭고도 오래된 가족 드라마가 시작되었고 그것은 전혀 무섭지 않지만 또 어찌 보면 가장 무서운 이야기이다.

"손수건은 어떻게 됐어요?"

선배가 이야기를 끝낸 뒤에 내가 물었다.

"302호에 있어요."

선배가 아무렇지 않게 대답했다. 나는 어리둥절했다.

"302호가 뭐예요?"

"302호 연구실. 방금 지나왔잖아요."

선배가 대답했다. 내가 반사적으로 돌아보려 할 때 선배가 마치 눈이 보이는 사람처럼 덧붙였다.

"돌아보지 말아요. 눈이 마주치면 따라오거든요."

나는 그대로 얼어붙었다.

"갖고 싶어해도 따라와요."

선배가 말했다.

"그러니까 안 보는 게 좋아요."

그리고 선배는 다시 천천히 느긋하게 걷기 시작했다.

나는 서둘러 선배를 따라갔다. 뒤를 돌아보고 싶었지만 돌아보기엔 너무 무서웠다. 나는 손전등의 불빛에 의지해서 앞만 보려 애쓰며, 뛰어가고 싶은 마음과 돌아보고 싶은 마음 양쪽을 꾹 참고 선배 뒤를 천천히 따라서 걸었다.

저주 양

DSP는 괴기현상이나 심령체험 등을 주제로 하는 동영상 채널을 운영했다. 그가 연구소에 취업한 이유는 그 때문이었다. DSP가 근무하기 시작한 첫날 선배는 언제나 그렇듯이 그에게 안내사항을 알려주었다. 연구실마다 일일이 들어가볼 필요는 없다는 것, 문이 잠겨 있는지 확인만 하면 된다는 것, 복도에서 기척이 들려도 무시하라는 것, 뒤돌아보거나 말을 걸지 말라는 것 등. DSP는 선배가 일러주는 사항들을 전부 자신의 동영상에 추가할 수 있는 아주 흥미로운 대사 정도로 여겼다. 선배가 DSP와 교대하고 자기 방으로 돌아가고 나서 DSP는 주머니에 넣어두었던 휴대전화를 꺼냈다. 라이브 방송을 할까 잠시 고민하다 그는 손전등을 사방으로 비추며 연구소 안을 촬영하기 시작했다. 촬영하면서 연구소의 정체와 자신의 동영상 기획 의도를 설명하려다 DSP는 선배에게 자신의 목소리가 들릴 수도 있겠다고 생각했다. 그래서 만전을 기하기 위해 DSP는 한 층 올라갔다. 계단을 오르며 그는 자신이 어디에 있는지, 왜 이곳에 왔는지, 어떤 영상을 만들려 하는지 휴대전화에 대고 목소리를 죽여 소곤거렸다.

복도 중간에 사람이 갑자기 나타났다.

“여기 들어오시면 안 됩니다.”

복도에 나타난 사람이 말했다. DSP는 손전등을 치켜들었다. 앞에 막아선 사람의 얼굴을 비추었다.

“여기 들어오시면 안 됩니다.”

복도에 나타난 사람이 다시 한번 말했다.

“누구신데요?”

DSP가 물었다.

“저 여기 직원인데요. 당신이야말로 누구세요?”

말하면서 DSP는 휴대전화 카메라 각도를 조절했다. 화면에 제대로 찍히고 있는지 곁눈질로 확인하며 DSP는 큰 소리로 말했다.

“들어오시면 안 되는 사람은 그쪽 아니에요?”

복도에 나타난 사람은 대답하지 않았다. DSP는 한 손에 휴대전화를 들고 촬영을 계속하며 다른 한 손에 든 손전등을 위아래로 움직여 앞을 막아선 사람을 훑었다. 앞에 선 사람은 어디서나 볼 수 있는 평범한 정장 차림이었다. 가슴에 달린 명찰이 손전등 불빛에 번쩍 빛났다. 불빛이 반사되어 명찰에 적힌 글자는 알아볼 수 없었다. DSP는 명찰을 제대로 읽을 생각이 애초부터 없었다.

"누구시냐고요?"

DSP가 좀 더 공격적인 어조로 다시 물었다. 복도에 나타난 사람은 대답하지 않았다. 돌아서서 걷기 시작했다.

"야!"

DSP가 소리쳤다. 앞에 나타난 사람은 대답하지도 멈추지도 않았다. DSP는 휴대전화와 손전등을 양손에 들고 뒤따라 뛰어가며 소리쳤다.

"거기 서!"

복도에 나타난 사람은 나타났을 때처럼 갑자기 사라졌다.

"예 저는 지금 갑자기 나타난 수상한 사람을 추격하며 연구실 복도를 달리고 있습니다!"

DSP는 휴대전화에 대고 외치면서 달려가 복도에 나타난 사람이 갑자기 사라져버린 문 앞에 멈추어 섰다. 휴대전화로 계속 촬영하면서 손전등을 입에 물고 문손잡이를 돌려보았다. 문은 잠겨 있었다.

연구실 문에는 돌려서 여는 구식 동그란 문손잡이가 달려 있었다. DSP는 바닥에 앉았다. 휴대전화와 손전등을 양손에 들고 촬영을 하면서 동시에 문을 따기는 불가능했다. DSP는 손전등을 바닥에 내려놓고 휴대전화의 손전등 앱을 켰다. 휴대전화 케이스에 부착한 손가락 고리를 입에 물고 DSP는 촬영을 계속하면서 영화나 드라마에 자주 나오는 여러 가지 방법을 시도했다. 구식 문고리는 금방 열렸다. DSP는 바닥에 내려놓은 손전등을 집어 주머니에 넣고 휴대전화로 계속 촬영하며 연구실 안으로 들어갔다.

연구실 안은 매우 평범했다. 벽을 더듬어 스위치를 누르자 천장의 형광등에 불이 들어왔다. 문 바로 옆 벽에는 철제 책장이 서 있고, 책장에는 선반 하나에 두세 권 정도 드문드문 책이 꽂혀 있었다. 문 반대편 벽에는 창문이 있었고, 창문에는 블라인드가 내려져 있었다. 창문 아래에는 책상과 의자가 있었다. 책상 위에는 독서용 전등과 탁상시계, 그리고 하얀 운동화 한 짝이 놓여 있었다. 그 외에는 책상 위에 아무것도 없었다.

DSP는 이 모든 장면들을 휴대전화에 대고 소곤소곤 설명하면서 책상에 다가갔다. 운동화를 집어 들었다. 운동화는 부드러운 재질이었으며 대략적인 크기로 보아 아동용은 아니고 성인용으로 보였다. 신발 안에도 밖에도 상표는 없었다. 대신 발 옆면에 익살맞게 웃는 양 얼굴이 검은 선으로 단순하게 그려져 있었다. 한때 유행했던 친환경적이라는 양모 운동화 같다고, DSP는 휴대전화를 바짝 대고 운동화를 요모조모 비추며 설명했다. 양모 운동화는 비싼데, 한 짝밖에 없다고 DSP는 괜히 덧붙였다.

그리고 그는 운동화를 책상 위에 도로 내려놓았다. 그 이상은 연구실 안에 촬영할 만한 것이 없었다. DSP는 창문으로 다가가 블라인드를 열어보았다. 블라인드는 평범하게 드륵드륵 소리를 내며 위로 올라갔다. 기대했던 바와 달리 창문에 귀신이 나타나지도 않았고 창밖에 기이한 광경이 보이지도 않았다. 창문에는 방범 창살이 설치되어 있었다. 바깥은 그저 어둠이었다.

블라인드를 도로 내리고 연구실을 나오려다가 DSP는 운동화를 집어 들었다. 복도에 나타났던 사람이 갑자기 사라진 부분까지는 재미있었는데, 그 이후는 김이 빠졌다. 이대로라면 시청자들에게 욕이나 먹을 것이 틀림없다. DSP는 운동화를 가져가서 하루 동안 집에 놓아두고 생활해보는 콘셉트로 영상을 계속 촬영하기로 했다.

아무 일도 일어나지 않았다.

운동화를 차 조수석에 놓고 집에 가는 길에도, 집에 돌아가서 낮에 잠을 자고 일어나 밥을 먹은 뒤에도, 아무 일도 없었다. DSP는 운동화를 며칠 더 가지고 있어야 할지 고민했다. 연구소에서 알게 되면 이후에 골치 아픈 일이 생길지도 몰랐다. DSP는 '절도죄' 등을 인터넷에서 검색해보았다. 그리고 운동화를 가지고 출근하기로 결정했다. 연구소에서 만약에 운동화를 찾는 눈치라면 얼른 원래 있던 자리에 가져다 두면 된다. 아무도 모르는 것 같으면 며칠 더 가지고 있을 생각이었다.

역시 아무 일도 일어나지 않았다. 선배는 DSP에게 운동화에 대해 묻지 않았다. 다른 직원들은 이미 모두 퇴근하고 없었다. 순찰을 돌 때 정체불명의 정장 입은 사람을 마주치지도 않았다. 연구소 안은 그저 어둡고 적적하고 지루했다.

DSP는 다른 연구실에 들어가볼지 고민했다. 처음 근무하기 시작했을 때 그는 선배에게 감시카메라에 대해 물어보았다. 선배는 간단하게 대답했다.

"1층하고 주차장에는 있어요. 다른 데는 없어요."

"없어요?"

DSP는 놀랐다.

"연구실 있는 층에 감시카메라가 없다고요?"

"있었는데 자꾸 고장 나서 떼어버렸다고 들었어요."

선배가 설명했다.

DSP는 그 설명이 아주 마음에 들었다. 그래서 귀신 들린 것으로 추정되는 물건을 자신이 훔쳤는데도 아무 일도 일어나지 않아서 그만큼 실망했다. 그리고 초조해졌다. 계속 아무 일도 일어나지 않는다면 이 연구소에 위장 취업한 일 자체가 헛수고로 끝날 것이었다.

그러나 자신의 근무 시간에만 연달아 물건이 없어지면 언젠가는 연구소 측에서도 눈치챌 거라고 DSP는 생각했다. 그래서 며칠만 더 운동화를 가지고 있다가 계속 아무 일도 없으면 제자리에 가져다 두고 다른 물건을 찾아보기로 했다.

DSP는 운동화를 제자리에 가져다 두지 못했다. 운동화를 꺼냈던 연구실을 그는 다시 찾을 수 없었다.

DSP가 기억하기로 그 연구실은 직원실 위층에 있었다. 직원실을 나와 복도 오른쪽 끝 계단으로 올라갔다. 그곳에서 DSP는 정체불명의 정장 사람을 마주쳤다. 그리고 그 정장 사람을 쫓아가서 복도 오른쪽에 있는 문을 열고 들어갔다. 다만 오른쪽 몇 번째 문이었는지는 정확히 기억나지 않았다.

확인해보려고 DSP는 휴대전화의 동영상을 찾아보았다. 영상은 없었다.

초보적인 실수다. DSP는 속으로 혀를 찼다. 촬영을 마친 뒤에 녹화 버튼을 한 번 더 눌러야 영상이 저장된다. 그 버튼을 누르지 않고 카메라 앱을 그대로 꺼버린 모양이었다. 그냥 그 자리에서 라이브로 방송을 했어야 했다고 DSP는 몹시 후회했다. 그때는 선배나 혹은 갑자기 나타난 그 정장 사람에게 자신의 진짜 의도를 들킬까 걱정되어 라이브 방송은 하지 않았다. 차라리 자신이 그 정장 사람에게 끌려 나가거나 연구소에서 쫓겨나는 모습이 실시간으로 방송되었으면 조회수가 올랐을 텐데, 경찰이라도 몰려왔으면 정말 대박이 났을 것이라고 DSP는 뒤늦게 아쉬워했다. 다음에는 무조건 라이브로 방송해야겠다, 그리고 처음에 찍었던 영상이 미스터리하게 사라졌다는 이야기도 빼놓지 말고 꼭 시청자들에게 들려주어야겠다고 DSP는 마음속으로 다짐했다.

그래서 DSP는 운동화를 가지고 무작정 위층으로 다시 올라갔다. 이번에는 정장 사람을 마주치지 않았다. 그래서 DSP는 성큼성큼 복도를 걸어 들어가 오른쪽 문손잡이를 차례차례 돌려보았다. 열리지 않았다. 이전에 시도했던 방법대로 열려고 해보았다. 열리지 않았다. 그때는 쉽게 열렸는데, 이번에는 무슨 수를 써도 문이 열리지 않았다.

이 문 저 문 열어보려 하는 사이에 전화에 저장해둔 알람이 울렸다. 순찰을 돌아야 하는 시간이었다.

그래서 DSP는 일단 계단을 내려왔다. 다른 층을 돌며 어떻게 해야 할지 생각해보기로 했다. 운동화를 가지고 순찰을 돌면 뭔가 이상한 일이 일어나지 않을까 하는 기대도 있었다.

1층까지 복도를 전부 돌고 DSP는 다시 직원실이 있는 층으로 올라갔다.

위층으로 올라가는 계단은 없었다.

DSP는 휴대전화와 운동화를 꺼내 들었다. 어둠 속에서 라이브로 방송하기 시작했다. 정체불명의 정장 사람을 복도에서 마주친 일부터 운동화를 가져온 경위와 직원실 위층이 없어진 상황까지 전부 소리 죽여 숨차게 설명했다.

시청자들의 반응은 대체로 미적지근했다. 아주 소수의 시청자들은 상당히 열광적인 반응을 보였다. DSP는 운동화를 어떻게 할지 시청자들에게 물었다. 대답을 해준 사람들은 대부분 그가 운동화를 계속 가지고 있기를 원했다. 그래서 DSP는 근무를 마치고 운동화를 다시 차의 조수석에 싣고 집으로 돌아왔다.

집에 들어왔을 때 작은 물건들이 일제히 한곳을 바라보고 있었다.

현관에 들어섰을 때 신발의 앞부분이 전부 문을 향하도록 놓여 있다는 사실을 DSP는 곧바로 눈치채지 못했다. 침대나 책상 등 큰 가구는 움직이지 않았다. 부엌 조리대에 식기류가 나와 있었다. 숟가락 머리와 젓가락 손잡이가 모두 현관을 향해 있었다. 식탁 위의 컵이 쓰러져 현관을 바라보고 있었다. 화장실 앞에 깔아둔 발매트도 방향을 돌려 짧은 면이 현관을 바라보도록 놓여 있었다. 책상 위의 자질구레한 필기구도 컴퓨터 마우스도 화장실의 칫솔과 치약도 모두 DSP가 집에 돌아오는 순간을 지켜보겠다는 듯 현관을 향해 돌아가 있었다.

DSP는 이런 물건들을 눈여겨보는 성격이 아니었다. 그러므로 집 안에 어떤 변화가 일어났는지 처음에는 알아차리지 못했다. 침대 위에 베개가 반듯하게 수직으로 놓여 있는 것을 보고서야 DSP는 뭔가 이상하다고 생각했다. 자신이 집에서 나갈 때 베개가 어떤 상태였는지 정확히 기억나지 않았다. 그러나 이렇게 반듯하게 방문을 향해서 수직으로 놓여 있지 않았던 것은 확실했다. DSP는 어머니에게 전화를 걸었다. 그의 어머니는 버스로 두 시간 거리에 살고 있었다. DSP는 어머니가 전화를 받자마자 자신의 동의 없이 자취방에 들어왔다고 화를 냈다. 어머니는 그런 사실이 없다고 마주 화를 냈다. 전화를 끊고 나서 DSP는 비로소 도둑의 가능성을 떠올렸다. 그리고 도난당한 물건이 없는지 확인해야 한다는 생각과 이대로 물건들을 움직이지 말고 라이브 방송을 해야겠다는 생각 사이에서 잠시 망설였다. 결국 DSP는 양쪽을 한꺼번에 하기로 했다. 휴대전화를 셀카봉에 끼워 라이브 방송을 진행하면서 집 안 곳곳을 뒤져 도난당한 물건이 없는지 확인했다.

이날 DSP의 겸손한 괴기 심령 전문 방송은 채널 개설 이후 최고 조회수를 기록했다. 그가 찬장이나 서랍을 열어 물건들이 모두 한 방향으로 줄지어 누워 있는 광경을 화면에 내보낼 때마다 조회수가 늘었다. 시청자 대부분은 조회수를 올리기 위해 DSP가 직접 집 안의 물건들을 특정 방식으로 배열한 것이 틀림없다고 욕하면서도 그가 집 안을 뒤지는 모습을 지켜보았다. 그냥 타인의 집 곳곳을 들여다보며 집이 지저분하다거나 저런 건 '주작'이 분명하다고 욕하는 재미에 지켜보는 사람들이 더 많은 것 같았지만 DSP는 조회수만 올라간다면 아무래도 상관없었다. 소수의 시청자들은 꾸밈없이 순수하게 흥미로워했다. DSP는 도난당한 물건이 없으며 그러므로 이것은 심령현상이 분명하다는 결론을 내린 뒤 만족스럽게 방송을 종료하고 침대에 쓰러져 잠들었다.

그는 전화벨 소리에 잠이 깼다. 눈을 제대로 뜨지 않은 채

DSP는 손으로 더듬어 전화기를 집어 들었다.

"여보세요."

"근조화환 리본 문구는 어떻게 해드릴까요?"

상대방이 사무적인 목소리로 물었다. DSP는 잘 알아듣지 못했다.

"여보세요. 뭐라고요?"

"근조화환 리본 문구는 '삼가 본인의 명복을 빕니다'면 될까요?"

"무슨 근조화환요?"

되물으며 DSP는 서서히 잠에서 깨어나기 시작했다. 정말로 집에 도둑이 들어서 자신의 개인정보를 훔쳐 갔고, 그래서 자신이 알지 못하는 물건들을 자신의 이름으로 구입했을지 모른다는 생각이 아직 4분의 1 정도 잠에서 덜 깬 그의 머릿속에 흐릿하게 떠올랐다.

"잠깐만요. 거기 어디예요? 누가 근조화환 주문했어요?"

상대방은 DSP의 질문을 무시하고 계속 물었다.

"영구차는 몇 시쯤에 탑승하시겠어요?"

"영구차?"

DSP는 몸을 일으켜 침대 위에 앉았다. 더 이상 누워 있을 수 없었다.

"화장 예약 시간 30분 전까지 도착하셔야 합니다."

상대방은 아무 감정 없는 차분하고 사무적인 어조를 유지했다. 이에 비해 DSP의 목소리는 대화가 이어질수록 점점 커졌다.

"야, 너 누구야? 누군데 이런 장난 쳐? 너 내가 찾아내서 아주 죽여버린다!"

상대는 전혀 반응하지 않았다.

"빈소 예약 진행하시면 관과 수의는 합배송으로 보내드리겠습니다."

"너 누구냐고? 누가 이 번호로 전화하래?"

DSP가 고함쳤다. 상대가 물었다.

"영정사진하고 향도 다 같이 보내드릴까요?"

"죽어, 이 시발새끼야!"

DSP는 목청껏 소리를 지른 뒤 전화를 끊었다. 휴대전화를 베개 위에 내동댕이쳤다. 그러고도 분에 못 이겨 DSP는 일어섰다. 베개 위의 휴대전화를 집어 들어 방바닥에 내던지려다 그는 잠들기 전 역대 최고 조회수를 기록했던 방송과, 휴대전화에 저장된 영상과 사진과 자료들을 떠올렸다. 간신히 마음을 가다듬고 휴대전화를 든 손을 내렸다. 그리고 휴대전화 통화기록을 살펴보았다. 발신자 번호가 나와 있었다. DSP

는 그 번호로 전화했다.

— 지금 거신 전화는 없는 번호입니다. 다시 확인하고 걸어 주십시오.

기계적인 목소리가 대답했다. DSP는 다시 걸었다. 같은 안내 음성이 흘러나왔다.

— 지금 거신 전화는 없는 번호입니다. 다시 확인하시고…….

DSP는 전화를 끊었다. 휴대전화의 자동 녹음 기능은 켜져 있었다. 그는 녹음된 통화 음성 파일을 확인했다. 방금 녹음된 음성 파일이 있었다. 그는 재생해보았다.

— 여보세요.

녹음된 자신의 목소리가 들렸다. 상대방의 목소리는 들리지 않았다. DSP는 휴대전화의 미디어 재생 음량을 키웠다.

— 여보세요. 뭐라고요?

여전히 자신의 목소리밖에 들리지 않았다. DSP는 휴대전화 음량을 최대로 끌어올렸다.

— 무슨 근조화환요?

녹음된 자신의 목소리는 점점 커지는데 상대의 목소리는 여전히 전혀 들리지 않았다.

— 잠깐만요. 거기 어디예요? 누가 근조화환 주문했어요?

상대방의 목소리 대신 텅, 하는 공허한 소리가 들렸다. 이어서 다시 한번, 텅. 단단한 바닥에 무언가 부딪치는 소리 같았다.

— 야, 너 누구야? 누군데 이런 장난 쳐? 너 내가 찾아내서 아주 죽여버린다!

녹음 파일 속에서 그의 목소리가 한껏 독이 오른 채 소리 질렀다.

— 죽여봐.

조그만 목소리가 속삭였다.

DSP는 깜짝 놀랐다. 파일 재생을 정지시켰다. 조금 뒤로 되돌렸다.

— 너 내가 찾아내서 아주 죽여버린다!

— 죽여보라고.

조그만 목소리가 이전보다 또렷하게 대답했다. DSP는 다시 파일을 정지시켰다. 세 번째로 들어보았다.

— 누군데 이런 장난 쳐? 너 내가 찾아내서 아주 죽여버린다!

— 네가 죽을걸.

조그만 목소리가 대답했다. 그리고 약하게 키득거리는 웃음소리가 들려왔다.

DSP는 파일을 닫았다.

처음으로 무섭다는 생각이 들기 시작했다.

연구소에 출근해야 하는 시간이 될 때까지 DSP는 통화녹음 파일을 지워야 할지 말아야 할지 계속 고민했다. 방송에 사용하기 위해서는 당연히 지울 수 없었다. 재생할 때마다 들리는 소리가 달라진다면 이것은 새로운 대박 소재였다. 그러나 마지막에 들렸던 조그만 목소리와 특히 그 뒤에 소리 죽여 키득거리는 웃음소리를 생각하면 당장이라도 지워버리고 싶었다. 마음을 정하지 못한 채 DSP는 연구소를 향해 운전하는 내내 조수석에 놓아둔 휴대전화와 하얀 운동화를 흘끔흘끔 쳐다보았다.

휴대전화에 녹음된 파일은 지우지 않는 쪽이 이득이다. 그러나 운동화는 연구소에 도로 갖다 놓는 편이 좋겠다. DSP는 그렇게 결론을 내렸다. 운동화를 발견했던 연구실에 그대로 다시 갖다 놓을 수 없다면 직원실이든 화장실이든 아무데나 버리면 된다.

연구소에 도착해서 DSP는 지하 주차장에 차를 세웠다. 운전석에서 내려 조수석 문을 열었다.

운동화가 없었다.

DSP는 당황했다. 조수석 바닥과 운전석 바닥을 손으로 더듬어 찾았다. 운전석 바닥에는 영수증 조각과 휴지, 조그만 돌멩이, 흙먼지와 모래, 어디서 날아왔는지 모를 나뭇잎이 깔려 있었다. 조수석 바닥에서 DSP는 빈 음료수 깡통과 플라스틱 커피 컵, 쓰고 버린 빨대, 오래된 과자 봉지를 발견했다. 운동화는 없었다.

DSP는 차에서 내렸다. 뒷좌석 문을 열었다. 뒷좌석에는 셀카봉, 삼각대, 링라이트 조명, 1인 방송용 마이크와 각 장비에 사용하는 가방과 케이블, 보조배터리, 그리고 계절에 맞지 않는 더러운 옷가지 등등이 너저분하게 쌓여 있었다. DSP는 뒷좌석의 물건들을 하나씩 전부 꺼냈다. 운동화는 없었다. DSP는 차 트렁크를 확인했다. 원래 트렁크에 싣고 다니던 방송 장비를 꺼내 쓴 뒤에 뒷좌석에 던져두었기 때문에 트렁크 안은 마시다 만 음료수병 하나와 생수병 하나를 제외하면 비어 있었다. 운동화는 없었다.

DSP는 트렁크 안을 들여다보면서 한참 동안 그대로 서 있었다.

집에 있을 것이다. 운동화는 분명히 집에 있을 것이다. 방송에 사용하기 위해 집에 가지고 들어갔다가 도둑이 들었는지 확인하고 엉뚱한 곳에서 걸려온 전화에 놀라는 바람에 그대로 잊어버렸을 것이다. DSP는 결사적으로 이렇게 자신에게 설명했다.

시끄러운 음악 소리가 커다랗게 울려 퍼졌다. DSP는 너무 놀라서 펄쩍 뛰었다.

음악은 DSP의 휴대전화 벨소리였다. DSP는 조수석으로 다가가 문을 열었다. 휴대전화 화면에 떠오른 발신자는 선배였다. DSP는 조금 안도하면서도 약간은 불안한 마음으로 전화를 받았다.

"교대해야 하는데 왜 안 와요?"

선배가 말했다.

"무슨 일 있어요?"

"아뇨, 아뇨……."

DSP가 반사적으로 허둥지둥 대답했다.

"주차장이에요. 금방 갈게요."

"네."

그리고 선배는 전화를 끊었다.

DSP는 전화기를 바라보며 잠시 그대로 서 있었다. 그러다 음성녹음이 담긴 폴더를 찾아 열었다. 방금 녹음된 통화 내용을 재생해보았다.

파일에는 선배의 목소리와 자신의 목소리가 평범하게 녹음

되어 있었다. 낯선 목소리도 불길한 웃음소리도 없었다.

DSP는 안심했다. 휴대전화를 주머니에 넣고 엘리베이터 쪽으로 향했다. 계단에는 센서가 달려 있었다. 평소에는 불이 꺼져 있다가 누군가 움직이면 불이 켜졌다. 그는 오늘만큼은 어두운 계단실로 들어가고 싶지 않았다. 계단 조명이 모두 꺼져 자신이 어둠 속에 갇히고, 저 멀리 자신의 움직임이 감지될 수 없는 곳에 느닷없이 불이 켜지는 공포영화 같은 장면이 눈앞에 그려졌다.

"여기 들어오시면 안 됩니다."

눈앞에 나타난 사람이 갑자기 DSP에게 말했다. DSP는 비명을 질렀다.

눈앞의 사람은 평범한 정장을 입고 있었다. 평범하고 특징 없는 얼굴에 평범한 목소리로 평범하게 말했다. 가슴에 명찰이 달려 있었다. DSP는 그 명찰을 주의 깊게 볼 수 있는 상태가 아니었다.

DSP는 뒷걸음질 쳤다.

"너 누구야!"

DSP가 소리쳤다.

"여기 들어오시면 안 됩니다."

정장을 입은 평범한 사람이 DSP에게 평범한 어조로 다시 말했다.

DSP는 다시 뒷걸음질 쳤다. 그리고 돌아서서 달리기 시작했다.

계단실 문을 발견하여 DSP는 있는 힘껏 문을 열고 안으로 뛰어 들어갔다. 계단실 문에 난 조그만 창문을 통해 주차장을 내다보았다. 주차장은 불이 환하게 밝혀져 있었다. 정장을 입은 평범한 사람의 모습은 보이지 않았다.

시끄러운 벨소리가 커다랗게 울렸다. DSP는 깜짝 놀랐다. 휴대전화 화면에 나타난 발신자는 선배였다. DSP는 전화를 받았다.

"여보세요? 왜 안 와요?"

"선배……."

DSP가 애원했다.

"선배, 나 좀 도와줘요……."

"왜요? 무슨 일이에요?"

"이상한 사람이…… 자꾸…… 운동화도 없어지고…… 전화가……."

DSP는 자신이 겪은 일을 한꺼번에 하소연하려 했다. 선배는 알아듣지 못했다.

"운동화요?"

"양 그림…… 운동화…… 연구실…… 없어요…… 못 찾겠어요……."

DSP가 더듬거렸다. 선배가 물었다.

"아직도 주차장이에요?"

"예……."

DSP가 울먹거렸다. 선배가 말했다.

"올라와요. 뭔지 모르겠지만 하여간 올라와서 얘기해요."

그리고 선배는 전화를 끊었다.

DSP는 크게 심호흡했다. 그리고 계단을 오르기 시작했다.

계단 조명은 DSP의 움직임에 맞추어 차례차례 켜졌다. 갑자기 꺼지거나 난데없이 다른 곳에 불이 들어오는 일은 일어나지 않았다. 계단을 올라가다 DSP는 오른발 옆에 조그만 벌레 같은 뭔가가 기어 다니는 것을 발견했다.

처음에 DSP는 무시하고 계속 계단을 올라갔다. 몇 단 더 올라가면서 내내 묘하게 신경에 거슬려 아래를 내려다보았다. 오른발 옆에 또 그 벌레가 있었다. 조금 전에 보았던 벌레보다 조금 컸다. DSP는 걸음을 멈추고 벌레를 밟으려 했다. 벌레는 재빨리 피했다. 다시 발을 움직여 벌레를 밟으려다 DSP는 그만두고 다시 계단을 올랐다.

몇 단 더 올라가서 DSP는 또다시 발 옆에 작고 까만 것이 움직이는 모습을 포착했다. 이번에는 벌레가 조금 더 커져 있었다. 처음에 새끼손톱보다 작았다면 아까는 새끼손톱만 했고 지금은 새끼손가락 한 마디만큼 커져 있었다. DSP는 밟아 죽여야겠다고 결정하고 오른발을 들었다.

DSP의 오른발에 조수석에서 사라진 하얀 운동화가 신겨 있었다. 발 옆면에 까만 선으로 익살맞게 그려진 양이 고개를 돌려 그를 향해 웃었다.

DSP는 비명을 질렀다. 아무도 없는 계단실에 고독한 비명이 울려 퍼졌다.

DSP는 오른발에서 하얀 운동화를 벗어 집어 던졌다. 계단을 뛰어 올라가기 시작했다.

계단을 달려 올라가다 DSP는 곧 지쳤다. 검은 키높이 운동화를 신은 왼발과 양말만 신은 오른발의 균형이 맞지 않았고 콘크리트 계단은 차갑고 단단해서 오른발에 부담이 되었다. 걸음을 멈추고 계단에서 몸을 거의 반으로 접고 헐떡이다가 그는 또다시 오른발 옆에서 꿈틀거리는 조그만 벌레 같은 형상을 보았다. 이번에는 손가락 두 마디만큼 커져 있었다. 조그만 머리와 가느다란 다리들이 보였다. 벌레는 뒷다리로 서서 앞다리를 휘적거리고 있었다.

DSP는 오른발을 들었다. 양말밖에 신지 않았다는 사실이 문득 그의 머리를 스쳤다. 그러나 상관없었다. 어떻게 해서든 저 벌레를 죽이고 싶었다. 양말만 신은 발밑에서 벌레가 뭉개지는 감촉은 소소하지만 확실하게 승리의 쾌감을 가져다줄 것 같았다.

DSP는 오른발로 계단을 내리찍었다. 벌레는 재빨리 도망쳤다. DSP는 벌레를 따라 발을 움직이며 계속 발꿈치로 계단을 여기저기 밟았다. 벌레는 그때마다 그의 발을 교묘하게 피해 요리조리 빠져나갔다.

DSP는 화가 났다. 그는 몸을 숙이고 벌레가 도망 다니는 경로를 관찰하며 움직이지 않고 가만히 있었다. 벌레도 몸을 웅크리고 가만히 움직임을 멈추었다. DSP는 벌레를 밟을 최적의 순간을 가늠하며 시선을 떼지 않았다.

계단 조명이 꺼졌다. 주변이 순식간에 깜깜해졌다.

DSP는 비명을 질렀다. 고함을 지르며 양팔을 휘둘렀다.

당장 다시 조명이 켜졌다. DSP는 안도했다.

벌레에 신경 쓸 때가 아니다. DSP는 생각의 초점을 바꾸었다. 이 계단실에서 나가야 한다.

시끄러운 음악 소리가 계단실을 울렸다. DSP는 깜짝 놀라

손에 든 휴대전화를 계단 아래로 내동댕이칠 뻔했다. 전화한 사람은 선배였다.

"도대체 어디예요?"

선배가 물었다.

"왜 이렇게 안 와요?"

"지금 계단 올라가는데요……."

DSP가 헐떡이며, 울먹이며 대답했다.

"여기 어디인지 모르겠어요…… 계단인데……."

선배가 DSP의 말을 끊었다.

"부소장님 불러줘요? 계단실로 오시라고 해요?"

DSP는 대답할 말을 찾지 못하고 잠시 멈칫했다. 부소장에게 알리면 그가 운동화를 훔친 것, 연구소에서 라이브 방송을 한 것, 아니 애초에 방송을 하기 위해 연구소에 취직한 사실이 모두 알려지게 된다. 그러면 고소를 당할지도 모른다. 그리고 연구소에서 방송을 더 이상 할 수 없다. 이제 간신히 조회수가 좀 나오기 시작했는데, 시청자들이 양 운동화를 좋아하던데, 이상한 전화가 왔던 일이나 지금 이 계단이 끝없이 이어지는 것도 모두 방송할 수 없게 된다…….

여기까지 생각했을 때 DSP는 옆에서 누군가의 시선을 느꼈다. DSP는 휴대전화를 내리고 왼쪽을 돌아보았다.

층계참에 양이 앉아 있었다.

DSP는 양을 멍하니 쳐다보았다.

양도 그를 마주 쳐다보았다.

양의 털은 지저분했다. 그의 머릿속의 이미지나 인터넷에서 가끔 보았던 사진과 달리 양은 흰색이 아니라 회갈색이었다. 양의 몸 여기저기에 털이 깎여 나간 곳이 있었다. 양의 맨살이 드러난 자리에는 수술 자국 같은 커다란 흉터가 조명 아래 벌겋게 드러났다.

DSP는 휴대전화를 치켜들었다. 카메라를 켜고 양을 찍기 시작했다.

그러면서 DSP는 천천히 계단을 올라갔다.

양은 그대로 층계참에 앉아 계단을 올라가는 DSP와 자신을 촬영하는 휴대전화를 가만히 바라보았다.

다음 층계참에서 DSP는 또다시 양을 발견했다. 조금 전에 본 양과 같은 양인지는 알 수 없었다. 이번 양도 털은 회색으로 지저분했고 여기저기 털이 깎인 곳이 있었다. DSP는 잠시 관찰하다가 아까 보았던 양과 지금 자기 앞에 앉아 있는 양의 흉터 위치가 다르다는 사실을 깨달았다.

DSP가 몇 걸음 올라갔을 때 계단 위에 또다시 양이 앉아 있었다. 계단은 좁고 양은 컸다. 그런데도 양은 아무렇지 않게 아주 편안한 듯 계단에 앉아 DSP를 바라보았다.

다시 몇 걸음 더 올라갔을 때도 양이 앉아 있었다. DSP는 고개를 들어 계단을 올려다보았다. 이제는 계단마다 층층이 양이 앉아 있었다.

DSP는 양들의 시선을 피해 고개를 숙였다. 자신의 발이 디디고 있는 곳을 내려다보았다.

양말만 신은 오른발 옆에 아까 보았던 벌레가 또 꿈틀거리고 있었다. 벌레는 아까보다 명백하게 컸다.

DSP는 오른발을 치켜들었다. 벌레는 DSP가 밟으려 할 때마다 재빨리 피했다.

DSP는 계속 오른발을 움직이다 지쳤다. 움직임을 멈추고 벌레를 가만히 내려다보았다.

벌레가 뒷발로 서서 두 앞발을 휘둘렀다.

마치 사람이 손짓하는 것 같았다.

벌레가 아니었다.

손가락만 한 사람이었다.

DSP는 흠칫 뒤로 물러섰다. 계단은 좁았다. 그는 본능적으로 뒤를 돌아보았다.

계단에 앉은 양이 새까만 눈으로 자신을 바라보고 있었다.

DSP는 다시 물러섰다. 오른발 아래를 내려다보았다. 벌레 같은 작은 사람이 자신을 향해 양팔을 휘두르고 있었다.

"넌 뭐야?"

DSP가 속삭였다.

"너 뭐 하는 새낀데 날 자꾸 쫓아다녀?"

DSP가 말했다. 손가락만 한 벌레 사람은 대답 대신 두 팔을 휘두르며 알 수 없는 몸짓을 했다. DSP는 힘없이 오른발을 움직였다. 손가락만 한 벌레 사람은 재빨리 그의 발을 피했다.

DSP는 자신이 다시 오른발에 하얀 운동화를 신고 있는 것을 보았다.

DSP는 오른발의 운동화를 벗었다. 손가락만 한 벌레 사람을 향해 집어 던졌다. 벌레 사람은 운동화를 피했다. 하얀 운동화는 계단 아래 어둠 속으로 굴러떨어졌다.

"빌어먹을."

DSP는 어두운 계단 아래로 사라지는 운동화를 보며 중얼거렸다.

—텅.

그의 말에 대답이라도 하듯, 계단 아래쪽에서 공허한 소리가 들렸다.

— 텅.

단단한 바닥에 뭔가 부딪치는 소리 같았다.

— 텅.

DSP는 계단 아래쪽에서 뭔가 올라오고 있다는 사실을 깨달았다.

그가 몸을 돌려 계단을 뛰어오르기 시작했을 때 귓가에 조그맣게 키득거리는 웃음소리가 들렸다.

DSP는 숨을 몰아쉬며 온 힘을 다해서 계단을 달려 올라갔다. 층계참이 보였다. DSP는 또다시 양이 앉아 있을 것이라 생각했다. 그러나 양은 없었다. 계단 꼭대기에는 문이 있었다.

문은 두 개였다. 오른쪽 문은 닫혀 있었고 위에 녹색 비상구 표시가 빛났다. 왼쪽 문은 문짝이 없이 문틀만 있었다. 문틀은 희었고 그 너머로 보이는 활짝 열린 복도에서 하얀 형광등 불빛이 문밖 층계참까지 희끄무레하게 새어 나왔다. DSP는 망설이지 않고 왼쪽 문으로 뛰쳐나갔다.

새하얗고 거대한 운동화 발뒤꿈치가 엄청난 속도로 DSP의 머리를 내려찍으려 했다. DSP는 간신히 몸을 돌려서 피했다.

거대한 흰 운동화 발뒤꿈치가 다시 DSP의 머리를 노리고 쫓아왔다. DSP는 무시무시한 운동화 뒤꿈치를 피해 온 힘을 다해 도망쳤다. 들어왔던 문으로 다시 나가려 했으나 뒤에는 하얗고 단단한 벽뿐이었다. 그가 들어왔던 열린 문은 사라지고 없었다.

벽 귀퉁이에 몰렸을 때 하얀 운동화 뒤꿈치가 위로 솟아올랐다. DSP는 도망칠 곳을 찾아 주위를 둘러보았다. 그리고 DSP는 깨달았다.

자신이 있는 곳은 거대한 계단이었다. 다음 단으로 도망가려면 자신의 키만큼 높은 하얀 벽을 어떻게든 기어올라 가야 했다.

DSP는 높이 솟은 매끄러운 하얀 벽에 매달렸다. 온 힘을 다해 기어올랐다.

거대한 흰 운동화 뒤꿈치가 다시 그의 머리를 노리고 찍어 내렸다.

"그만해!"

DSP는 흰 운동화를 향해 고함쳤다.

"그만하라고! 난 사람이야!"

고함치며 그는 양팔을 휘둘렀다.

"난 벌레가 아니야! 난 너야!"

하얗고 거대한 운동화 뒤꿈치가 다시 인정사정없이 그의 머리를 노리고 내려왔다.

또다시 벽 귀퉁이에 몰려 커다란 하얀 계단을 기어오르려다 DSP는 멈추었다. 저 발은 어차피 그보다 한참 더 컸다. 그가 이렇게 죽을 둥 살 둥 있는 힘껏 계단을 기어올라 가봤자 저 발은 가뿐하게 한 단을 올라가서 또다시 자신을 밟아 죽이려 할 것이다.

위로 올라가기보다는 아래로 내려가는 편이 쉽다. 그리고 아래층 주차장에는 그의 차가 있었다.

주차장으로 돌아가자. DSP는 결정했다.

그는 조심스럽게 거대한 계단을 내려가기 시작했다. 그리고 미끄러졌다.

DSP는 깜깜한 심연 속으로 추락했다.

선배가 부소장님에게 전화했다. 부소장님이 주차장 계단에 앉아 있는 DSP를 발견했다. DSP는 한 손에 휴대전화, 다른 손에 운동화 한 짝을 쥔 채로 양과 벌레에 대해 소리치고 있었다. 부소장님이 가까이 가서 말을 걸려 했다. DSP는 양팔을 휘두르며 자신을 밟지 말라고 고함쳤다. 부소장님이 DSP의 부모에게 전화했다. 그의 어머니와 누나가 와서 그를 데려갔다.

“그래서 어떻게 됐어요?”

내가 선배에게 물었다.

“그 괴기 심령 방송은 그만뒀대요.”

선배가 간단하게 대답했다. 나는 잠시 생각했다. 그리고 물었다.

“선배는 그런 걸 다 어떻게 알아요?”

“뭘요?”

선배가 되물었다. 내가 설명했다.

“숙 씨나 찬 씨는 자기가 얘기해줬다고 해도, 방송했다던 그 사람은 자기가 얘기해준 게 아닐 거 아니에요.”

“그 사람이 계단에 있다고 전화했을 때, 뒤에서 양 우는 소리가 들렸어요.”

선배가 대답했다.

그리고 선배는 그 이상 설명해주지 않았다.

나도 더 이상 묻지 않았다.

양의 침묵

부소장님은 편안한 인상에 수더분한 성격이고 오른손에 엄지만 있고 나머지 손가락 네 개가 없었다. 선배가 휴가를 간 날에 부소장님이 대신 순찰을 돌았다. 직원실에서 부소장님은 자신이 살아온 이야기를 해주었다. 부소장님은 어느 유명한 종합대학에 속한 수의과대학 건물 뒤에서 살았던 적이 있었다. 그때 양에 씌었다고 부소장님은 말했다.

부소장님은 공장에서 일하다가 기계에 손가락이 으스러졌다. 뼈도 신경도 살릴 수 없어 결국 절단해야 했다. 치료를 마치고 회복한 뒤에도 부소장님은 이전 직장으로 돌아갈 수 없었다. 기계가 무서웠다. 병원에 있는 동안 계속 악몽을 꾸었다. 그런데 부소장님은 오른손잡이였다. 오른손에 주요 손가락이 없으니 다른 일자리를 찾을 수 없었다. 보상금과 퇴직금은 치료와 재활과 약과 전반적인 생활비로 조금씩 녹아 허물어졌다. 그러는 와중에 딸이 대학에 들어가자 부소장님의 당시 남편이 기다렸다는 듯 휴대폰으로 도박을 하기 시작했다.

딸의 대학 입학과 남편의 도박 중독이 어떤 직접적인 연관성이 있는지 부소장님은 그때나 지금이나 제대로 이해할 수 없었다. 남편은 흔히 영화나 드라마에 나오는 도박 중독자가 하듯이 부소장님에게 돈을 내놓으라고 수시로 협박하고 폭력을 휘둘러댔다. 다른 도시에서 대학을 다니던 딸이 방학에 집에 와 있다가 이 광경을 목격했다. 딸은 아버지를 말리려 했고 부소장님의 남편은 딸에게 주먹질을 했다. 부소장님은 경찰을 불렀다. 경찰에게 붙들린 채로 남편은 부소장님에게 남은 손가락 쓸 데도 없으니 다 잘라서 돈을 만들어오라며 지치지도 않고 고함을 질러댔다. 딸은 어머니에게 이혼하라고 권했다. 부소장님은 동의했다.

이혼 절차를 시작하고 부소장님은 도망치듯이 집을 나왔다. 딸은 다시 대학이 있는 도시로 떠났다. 재판은 딸이 졸업할 때까지 질질 끌었다. 부소장님은 차라리 다행이라고 생각했다. 딸은 학교를 졸업하고 취업할 것이고 자신은 깔끔하게 이혼이 끝난 상태로 딸과 함께 새 출발 할 수 있을 것이라 생각했다.

다만 그때까지 먹고살아야 했다. 공장에서 받은 보상금과 퇴직금이 아직 조금 남아 있었다. 부소장님은 그 돈을 아껴서 딸에게 주고 싶었다. 자신은 남편과 이혼하면 남이 될 수 있었다. 딸은 친부와 법적으로 인연을 끊을 방법이 없었다. 부소장님은 전남편 때문에 딸이 해코지를 당하지 않을지 그 점이 가장 두려웠다. 전남편이 도박 빚을 딸에게 떠넘길 가능성은 매우 커 보였다. 나쁜 사람들에게 전남편이 딸을 팔아넘기려 들 수도 있었다. 전남편이 자기 친딸에게 그런 짓까지 할 사람이라고는 생각하고 싶지 않았다. 그러나 생각해보면 전남편은 인터넷 도박에 빠지기 전까지 가족에게 폭력을 휘두른 적이 없었다. 그러니까 사람 일은 모르는 것이었다.

부소장님이 잘 아는 사실은 빚을 포함하여 가족의 어려움을 결국 딸이 떠맡게 된다는 점이었다. 이러한 현실을 부소장님은 여러 번 보고 겪었다. 부소장님은 어머니가 울면서 하소연하는 바람에 친오빠의 '사업 빚'을 떠맡았던 적이 있었다. 부소장님이 결혼을 하고 아이를 낳고 확실하게 '출가외인'이 되고 나서야 친오빠는 자신의 빚을 동생이 아닌 누군가 다른 사람에게 떠넘기게 되었다. 부소장님의 사촌 언니는 자기 아버지의 빚을 평생 갚았다. 사촌 언니가 전문대를 졸업하자마자 취직해서 몸이 부서져라 일하며 빚을 갚는 와중에도 이모부는 계속해서 '사업'을 하겠다며 일을 벌였다. 딸을 신용불량자로 만들고도 이모부는 칠십이 넘은 지금까지 여기저기 계속 돈을 빌리고 그 빚을 딸에게 갚아달라고 애걸하기도 하고 협박하기도 했다. 부소장님의 고모는 남편의 빚을 갚았다. 부소장님의 고모부가 빚을 지게 된 이유는 고모부의 형이 집안 돈을 모두 가지고 달아났기 때문이었다. 그리고 부소장님의 고모의 시어머니는 큰아들이 집안 재산을 가지고 달아나 어디에서 뭘 하고 있는지 알면서도 아무 말도 하지 않았다. 그렇게 집안의 모든 문제는 구정물처럼 아래로 아래로 흘러 떨어져서 그 집안 모든 사람에게 가장 만만한 존재 위에 고이고 쌓였다. 대부분의 경우 마지막에 그 구정물을 감당하는 사람은 취약한 위치에 있는 여성이었다. 딸, 며느리, 엄마, 손녀. 맏딸은 살림 밑천이라느니 아들 가진 엄마는 길에서 손수레 끌다 죽는다느니 하는 말의 의미는 모두 같았다. 가장 만만한 구성원의 피와 골수를 빨아먹어야만 가족이라는 형태가 유지된다. 그렇게 모든 역기능 가족은 비슷한 형태로 역기능적이다.

부소장님은 딸이 그런 삶을 살기를 원하지 않았다. 부소장님은 남편과 딸 사이의 거리를 최대한 멀리 떨어뜨릴 방법을 찾아야겠다고 결심했다. 그래서 부소장님은 전남편과 함께 평생 살아왔던 도시에 그대로 남았다. 전남편이 딸을 찾아가지 못하게 막기 위해서였다. 그리고 부소장님은 고향 도시에 남아 자기 힘으로 먹고살 방편을 물색하기 시작했다.

오른손 손가락 없이 할 수 있는 일은 많지 않았다. 부소장님은 나이도 늙지 않았고 일한 경험도 많았다. 그러나 부소장님의 오른손을 한 번 보고 고용주들은 모두 고개를 저었다. 부소장님은 여러 가지 일거리를 찾다가 점을 쳐보라는 얘기를 들었다. 처음에 부소장님은 웃어넘겼다. 그러나 부소장님에게 그 이야기를 해준 이전 직장의 동료 아주머니는 신내림을 받거나 정식으로 무속에 입문하라는 의미로 말한 것이 아니었다. 타로카드, 사주, 토정비결 같은 유행하는 점술을 배워서 젊은 사람들이 많이 다니는 곳에서 노점을 하면 장사가 된다더라, 아는 아줌마가 그렇게 돈 벌어서 오피스텔을 샀다고 부소장님의 전 동료가 진지하게 말했다. 카드 점이나 기초 명리학은 시청에서 운영하는 문화센터에서 무료로 배울 수 있었다. 그리고 무엇보다도 양손을 다 쓸 필요가 없었다. 점술에 사용하는 카드를 멋지게 부채꼴로 펼치는 법은 왼손으로도 연습해서 익힐 수 있었다. 육십갑자를 짚고 사주풀이를 할 때 왼손으로 글씨 쓰기가 좀 번거롭기는 했다. 부소장님은 이를 악물고 연습했다.

왼손을 쓰는 것보다 가장 어려운 점은 사람을 대하는 일이었다. 부소장님은 붙임성이 특별히 좋지 않았고 화려한 입담으로 상대방의 정신을 쏙 빼놓는 기술을 가지고 있지 못했다. 부소장님은 포장재 만드는 공장에서 오래 일했고 세상에서 사용하는 웬만한 포장재의 재료와 그 재료를 가공하는 기계는 대부분 다룰 줄 알았다. 사람을 상대로 장사를 해보기는 처음이었다. 그것도 손으로 만질 수 있는 실재하는 물건을 파는 게 아니었다. 절반 정도는 심리상담, 절반 정도는 뜬구름 잡는 소리를 하며 모르는 사람들에게 미래에 대한 희망과 점술사, 즉 자신에 대한 신뢰와 의존을 팔아야 했다. 그런 작업은 매번 사기를 치는 것처럼 느껴졌다. 부소장님은 견디기 힘들다고 언제나 생각했다.

그 무렵에 부소장님이 살았던 곳이 그 수의과대학 뒤에 붙은 고시원이었다. 젊은 사람들이 많이 다니는 곳에 자리를 잡아야 돈을 벌 수 있다는 얘기를 부소장님은 비슷한 일에 종사하는 경험 많은 사람들에게 여러 번 들었다. 부소장님은 제대로 된 노점을 차릴 돈이 물론 없었다. 그래서 부소장님은 카드와 명리학 책과 필요한 도구들과 함께 접이식 탁자와 간이 의자를 짊어지고 아침에 무작정 나가서 유동인구가 많아 보이는 곳에 자리를 펼치고 앉았다. 주변 상인이나 경찰이 와서 쫓아내면 서둘러 탁자와 의자를 접어 자리를 떠났다. 그리고 주변의 다른 사람 많은 자리를 찾아 거기에서 또 탁자를 펼쳤다. 버는 돈은 보잘것없었고 오른손을 쓸 수 없으니 탁자와 의자를 펼치거나 접는 데 시간이 너무 많이 걸렸다. 제대로 앉아서 손님과 상담을 하는 때보다 탁자와 의자와 도구를 짊어지고 돌아다니는 때가 더 많았다.

대학교 안에 들어가본 적도 몇 번 있었다. 놀랍게도 아무도 붙잡지 않았다. 물론 그곳은 국립대학이었고 그러므로 지역 주민들에게 캠퍼스를 개방해야 할 의무가 있어서 원칙적으로 아무나 들어갈 수 있다고 했다. 학교 캠퍼스 안에서 자리를 펼치고 카드를 꺼내놓기 시작하면 경비 업무 담당자가 와서 내쫓았다. 그러나 카드와 접이식 탁자를 펼치지만 않으면 아무도 부소장님을 방해하지 않았다. 부소장님은 그곳에서 잔디밭에 간이 의자를 놓고 앉아서 지나다니는 학생들을 바라보았다. 그리고 딸에 대해 생각했다. 어쨌든 부소장님은 딸을 이곳과 비슷하게 훌륭한 대학에 보내서 공부를 시켰다. 부소장님은 딸의 학교에 여러 번 가보았다. 대학생인 딸을 생각하면 부소장님은 언제나 마음이 뿌듯해졌다. 딸이 보고 싶었다. 그러나 딸이 고향을 떠나 다른 도시에서 학교를 다니고 있으니 전남편이 쉽게 찾아가지는 못할 것이라 생각하면 불안하고 그리운 마음에 조금은 위로가 되었다.

수의과대학 옆 덤불 주변에는 언제나 양이 몇 마리 돌아다녔다. 그것은 비현실적인 광경이었다. 푸르른 잔디밭, 네모지고 현대적인 학교 건물들, 연구소 간판이 커다랗게 붙어 있는 진지하고 심각해 보이는 회갈색의 여러 시설과 그 사이로 뻗은 미로 같은 길옆에 양들이 우두커니 서서 풀을 뜯거나 잔디밭에 앉아 있었다.

양들은 모두 상처투성이였다. 몸 여기저기에 털이 일부 깎여 나가고 그 자리에 수술 자국으로 보이는 벌건 상처가 길게 그어져 있었다. 눈 한쪽이나 양쪽이 벌겋게 부어 있는 양도 있었고 귓불에 뭔가 고통스러워 보이는 물건을 달아 귀가 무겁게 축 늘어져 있는 양도 있었다. 양들이 신기해서 가까이 갔다가 부소장님은 그중 멀쩡한 양이 한 마리도 없다는 사실을 깨닫고 경악했다. 양들은 모두 상처와 수술 자국투성이에 몇몇은 기다란 관이 몸에서 튀어나와 땅에 늘어져 있었다. 부소장님이 가까이 가도 양들은 움직이지 않았다. 원래 사람에 대한 경계심이 없는 것인지 아니면 너무 고생을 많이 해서 낯선 사람에게 신경 쓸 만한 여력이 없는 것인지 부소장님은 알 수 없었다. 아주 드물게 주변이 조용한 순간에 양들 옆에 다가가면 이를 가는 소리가 들렸다. '끼득끼득' 하는 것 같기도 하고 '삐걱삐걱' 하는 것 같기도 한 그 소리가 사람이 이를 가는 소리와 놀랄 만큼 비슷하다고 부소장님은 생각했다. 양들이 자신을 이렇게 상처투성이로 만든 사람에게 원한을 가지고 이를 가는 것이라 생각하니 무서워졌다. 그래서 부소장님은 그 뒤로 양들에게 가까이 가지 않았다.

그리고 부소장님의 고시원 방으로 양이 찾아왔다. 그래서 부소장님은 양과 함께 떠돌아다니게 되었다.

수의과대학 뒤에 있는 고시원 자리에 옛날에 죽은 실험동물들의 시체를 묻는 구덩이가 있었다는 소문이 떠돈다고, 부소장님에게 타로점을 치러 왔던 학생들이 이야기해주었다. 타로점이든 사주든 연애운이든, 점술 자체가 오컬트적인 분야이기 때문인지 학생들은 그런 학교 괴담이나 동네 도시 괴담을 즐겨 들려주었다. 물론 사망한 실험동물들은 관련 법령에 따라 위생적으로 예를 갖추어 처리한다고 옆에서 다른 학생이 덧붙였다. 사망한 동물을 아무렇게나 구덩이에 던져 넣었다가는 뉴스에 나오고 학교 다 문 닫고 전부 감옥 갈 거라고 학생들은 이구동성으로 고개를 끄덕였다. 그러면서도 학생들이 동물 시신을 구덩이에 묻었다느니 그래서 동물의 유령이 떠돌아다닌다느니 하는 학교 괴담을 흥미진진하게 이야기했다. 그런 모습이 참 귀엽다고, 부소장님은 생각하곤 했다. 그럴 때면 부소장님은 딸이 보고 싶었다.

학생들은 실험동물들을 돌보아주면서 정이 많이 드는 모

양이었다. 아무 죄도 없는 동물들이 사람 때문에 고생하는 게 언제나 미안하다고 학생들은 말했다. 그러나 전문가로서 제대로 훈련을 받고 자격을 취득하고 학교를 졸업해서 세상의 수많은 다른 동물들을 치료하려면 실습을 꼭 해야 하니 어쩔 수 없었다. 동물의 몸은 당연히 인간과는 달랐다. 그리고 동물들은 사람처럼 어디가 아픈지, 어떤 약을 먹거나 어떤 치료를 받고 나서 증상이 얼마나 나아졌는지 혹은 더 나빠졌는지 말로 설명할 수 없었다. 그러니 사람이 어떻게 해서든 치료법과 약을 찾아내야만 했다. 고통을 없애는 방법을 찾아내기 위해 생명 가진 존재에게 지속적으로 고통을 가한다는 것은 커다란 딜레마였다. 어떤 카드를 뽑아도, 사주를 어떻게 해석해도 부소장님의 지식이나 경험으로는 해결해줄 수 없는 문제였다. 그래서 부소장님은 학생 손님들이 이런 이야기를 들려줄 때면 그냥 말없이 귀를 기울였다.

상처 입은 양이 부소장님의 고시원 방에 찾아왔을 때 부소장님이 문을 열어준 이유는 학생들의 이런 이야기를 이미 많이 들었기 때문인지도 모른다. 어느 밤에 갑자기 부소장님은 문을 열었고 그곳에 여기저기 붉은 수술 자국이 드러난 양이 한 마리 서 있었다. 부소장님은 아무 의심도, 한 치의 두려움도 없이 양을 방 안으로 들어오게 했다. 양은 아무 소리도 내지 않았다. 그리고 부소장님은 고시원 방을 가득 채운 조그만 침대에 다시 누웠다. 양은 침대 옆의 좁은 방바닥에 하얗고 동그랗게 엎드려 조용히 잠들었다. 다음 날 아침에 부소장님이 잠에서 깨어났을 때 양은 없었다. 부소장님은 전혀 이상하게 생각하지 않았다. 양이 스스로 필요해서 찾아왔듯이 스스로 필요해서 원하는 곳으로 떠났다고 부소장님은 아주 자연스럽게 생각했다.

다만 양은 떠나지 않았다.

부소장님은 언제나 하듯이 접이식 탁자와 간이 의자를 들고 고시원을 나섰다. 대학교 정문 건너편 번화가에 탁자를 폈다. 부소장님이 자리를 잡은 곳은 가게들이 쭉 늘어서 있는 대로변이었다. 가게에서 주인으로 보이는 사람이 나와서 부소장님에게 탁자가 가게 입구를 막는다고 항의했다. 부소장님은 언제나 하듯이 사과하고 탁자와 의자를 접어 일어섰다. 그리고 자기 자신도 이유를 모르면서 갑자기 가게 주인에게 말했다.

"그 돈 빌려주지 마세요."

"뭐?"

가게 주인이 깜짝 놀랐다. 부소장님은 가게 주인의 발 옆에 앉아 있는 양을 바라보며 말했다.

"그 돈 빌려주지 말라고요."

"무슨 돈을 빌려줘요?"

가게 주인이 경계심 가득한 눈으로 노려보았다. 가게 주인의 발 옆에서 양이 천천히 고개를 저었다. 부소장님이 말했다.

"건너편 가게 사장님이 돈 빌려달라고 했잖아요. 그거 그 집 막내가 다 들어먹을 거예요."

"그걸 아줌마가 어떻게 알아요?"

가게 주인의 목소리에 두려움이 섞였다. 부소장님은 눈치 채지 못했다. 부소장님은 그저 가게 주인의 발 옆에 앉아 있는 양을 바라보고 있었다. 양은 두 눈이 벌겋게 부었고 턱 밑에 커다란 수술 자국이 있었다. 부소장님은 마음이 아팠다.

"그 집 막내, 사기꾼 다단계에 걸렸어요. 돈 빌려주면 안 돼요. 투자가 아니고 사기예요."

가게 주인의 발 옆에 앉은 양이 긍정하듯 고개를 끄덕였다. 그리고 일어나서 걷기 시작했다. 부소장님은 겁을 먹고 어안이 벙벙해진 가게 주인을 뒤로하고 탁자와 의자와 도구들을 챙겼다. 양을 따라 떠났다.

부소장님은 짧은 기간 동안 국립대학교 정문 앞 번화가의 명물로 지냈다. 양은 아주 하찮은 일에 대답을 줄 때도 있었고 아주 중요한 일을 무시할 때도 있었다. 이 손님이 내일 저녁에 버스를 놓쳐 친구들과의 술 약속에 늦을 것이라는 소식과 저 손님의 아버지가 시급히 심장 수술을 받아야 한다는 사실을 양은 똑같이 조용하고 평온하게 돌연히 알려주었다. 다만 양이 알려주는 소식은 작든 크든 언제나 정확하고 진실했다.

양이 언제나 모든 순간 부소장님을 도와주러 오는 것은 아니었다. 양이 안 올 때 손님이 도움을 청하면 부소장님은 대충 지어내서 아무 말이나 해야 했다. 양은 자신이 나타나고 싶은 순간에 나타났다. 그럴 때면 부소장님은 자신이 무슨 말을 어째서 하는지 모르면서 상대방 옆에 앉은 양을 바라보며 양이 원하는 대로 말했다. 그것은 상대방 인간이 듣고 싶어하는 조언일 수도 있었고 듣고 싶어하지 않는 진실일 수도 있었다. 양은 상관하지 않았다. 그러므로 부소장님도 상관하지 않았다. 돈은 벌기도 하고 벌지 못하기도 했다. 이 역시 양이 상관하지 않았으므로 부소장님도 크게 상관하지 않았다. 손님이 화를 내거나 울거나 가끔 물건을 집어 던지고 난동을 부리면 부소장님은 양과 함께 무심하게 손님을 그저 바라보았다. 그러면 손님은 왠지 모르게 어느 순간 양의 초점 없는 눈이 자신을 바라보고 있다는 사실을 깨닫는 것 같았다. 그런 순간에 손님은 울음이나 난동을 멈추고 서둘러 떠났다. 그런 뒷모습조차도 부소장님은 양과 함께 그저 무심하게 바라보았다.

양과 함께 지내면서 부소장님은 많은 것을 알게 되었다. 실습에 사용되는 양은 몸에 반복적으로 인위적인 상처가 나거나 그 상처가 일부러 병균에 여러 번 감염되었다. 모르고 혹은 억지로 독물을 먹기도 했다. 일부러 냈던 상처나 의도적으로 감염되었던 질병이 나으면 다시 감염되고 상처 입었다. 실험동물의 삶은 끝없는 고통의 연속이었다.

그럼에도 양은 복수나 저주를 바라지 않았다. 양은 그저 고통에서 벗어나기를 원했다. 무한히 반복되는 괴로움에서 해방되어 그저 잔디밭에서 풀이나 뜯고 멍하니 되새김질이나 하는 삶이 양이 원하는 전부였다. 어떤 면에서는 인간이 바라는 삶과 비슷하다고 부소장님은 측은한 마음으로 생각했다. 그렇게 양을 따라다니다가 부소장님은 어느 날 대학교 정문 건너편 번화가 안쪽 골목에서 깨어났다. 몸에서 냄새가 났고 머리카락에 거무스름한 갈색의 더러운 것이 뭉쳐서 달라붙어 있었다. 부소장님은 일어나려 했다. 몸 왼쪽 전체가 두들겨 맞은 것처럼 욱신욱신 아팠다. 부소장님은 몸을 일으키고 자신이 접이식 탁자와 간이 의자 위에 누워서 카드 뭉치와 다른 점술 도구를 베개 삼아 베고 잠들어 있었다는 사실을 알았다. 지갑과 휴대전화와 다른 점술과 관련 없는 소지품은 접이식 탁자 밑에 깔려 흙먼지가 묻어 있었다. 부소장님은 휴대전화를 열어보았다. 자신이 기억하는 날짜로부터 나흘이 지나 있었다. 그 나흘 동안 자신이 어디서 무엇을 했는지 부소장님은 전혀 기억할 수 없었다.

부소장님은 고시원으로 돌아왔다. 월세가 밀렸다고 총무가 잔소리를 하며 고개를 내밀었다가 부소장님의 모습을 보고 입을 다물었다. 부소장님은 말없이 접이식 탁자와 간이 의자를 포함한 흙투성이 짐을 끌고 방으로 들어갔다. 씻고 옷을 갈아입고 나서 부소장님은 고시원 월세를 내기 위해서 휴대폰을 열고 은행 앱을 켰다. 그 순간 딸에게 전화가 왔다.

"여보세……."

부소장님은 최대한 아무렇지 않은 목소리를 내려고 애썼다. 딸은 부소장님의 '여보세요'를 끝까지 듣지도 않았다.

"엄마 무슨 일이야? 왜 전화 안 받아? 돈은 또 뭐야?"

딸이 거의 울먹이는 소리로 빠르게 쏟아냈다. 부소장님은 마음속에 덜컥 밀려드는 무겁고 차가운 공포감을 힘겹게 억누르며 목소리를 가다듬었다.

"응, 손님이 많아서, 너무 바쁘다 보니까 그렇게 됐……."

"돈은 어디서 난 거야?"

딸이 다시 부소장님의 말을 끊으며 물었다.

"갑자기 돈 보내고 전화 안 받으니까 난 무슨 큰일 난 줄 알았잖아! 얼마나 걱정했는지 알아?"

"미안해, 미안해. 그렇게 됐어."

부소장님이 얼버무렸다.

'그렇게 됐다'는 말이 어떻게 됐다는 뜻인지 딸이 캐물었다. 부소장님은 자기도 어떻게 된 일인지 몰랐으므로 계속 얼버무리며 딸을 달랬다. 진땀을 흘리며 통화를 간신히 마치고 나서 부소장님은 다시 은행 앱을 켜고 거래 내역을 살펴보았다. 이틀 전에 누군가 두 번에 나누어 0이 여러 개 붙은 액수를 입금했다. 부소장님이 공장에 다닐 때 받던 월급의 석 달 치 정도 액수였다. 큰돈이었다. 부소장님은 평생 한 번도 그 정도 액수를 한꺼번에 가져본 적이 없었다. 거래 내역에 나타나 있는 입금한 사람의 이름은 전혀 모르는 낯선 이름이었다. 그리고 부소장님은 어젯밤에 그 돈을 딸에게 송금했다. 이후로 딸이 일곱 번 전화를 했지만 부소장님은 받지 않았다. 정신이 없는 상태로 전화를 받지 않아서 차라리 다행이라고 부소장님은 생각했다. 자신이 만약에 양에 씐 채로 전화를 받았다면 딸에게 무슨 말을 했을지 생각하니 아찔해졌다.

부소장님은 다시 휴대전화에 기록된 자신의 지난 며칠 동안의 행적을 살펴보았다. 딸 외에 지난 4일 동안 부소장님에게 전화한 사람은 없었다. 거액의 돈을 입금해준 사람의 이름은 통화 내역에도 연락처 목록에도 저장되어 있지 않았다.

부소장님은 자신의 몸 상태를 고려해서 며칠 쉬어야 할지, 돈을 입금한 사람을 찾아서 다시 점 보던 자리에 나가야 할지 고민했다. 그러다가 부소장님은 다시 나가보기로 결정했다. 만약, 정말로 만약이지만, 혹시라도 전남편이 뭔가 꼼수를 쓰는 것이라면 딸을 위해서라도 무슨 일인지 확실하게 알아봐야 했다.

부소장님은 언제나 하듯 대학교 정문 건너편 번화가로 나가 탁자를 펼쳤다. 주위는 한가했고 손님은 별로 없었다. 상점 주인에게 잔소리를 듣지 않으려고 보도 가장자리에 최대한 나와서 자리를 펼치는 요령도 얼마 전에 익혔다. 지나다니는 사람이 별로 없었고 손님은 더욱 없었다.

부소장님이 자리를 펼친 곳 바로 앞에 있는 가게의 문이 빠끔히 열렸다. 가게 주인이 얼굴을 내밀었다. 부소장님은 긴장했다. 이제까지 경험으로 보아 인근 상점 사람이 얼굴을 내밀었을 때 좋은 말을 들은 적이 없었다.

"저기, 그……."

가게 주인이 말을 끌었다. 부소장님은 일어나서 접이식 탁자를 치우려 했다. 그 모습을 보고 가게 주인이 서둘러 밖으로 나와서 부소장님에게 다가왔다. 부소장님은 더욱 긴장해서 서둘러 의자를 접기 시작했다.

"아니 저기, 그 복권 되는 거, 나도 좀 해주면 안 될까?"

"네?"

부소장님이 깜짝 놀랐다. 가게 주인이 얼굴에 어색한 미소를 떠올렸다.

"지난번에 왜, 그 손님은 그거 가르쳐줬잖아, 즉석복권. 자기가 가라는 데 가서 사라는 거 샀더니 당첨됐다고 부들부들 떨면서 와가지고 복채 꼭 주겠다고 계좌번호 알아가지고 갔잖아."

대로를 따라 조금 내려간 곳에 복권방이 있었다. 부소장님은 한 번도 그곳에 가본 적이 없었다. 부소장님은 은행 앱에 나타났던 놀라운 액수의 잔고를 떠올렸다.

"그거, 나도 좀 가르쳐주면 안 돼?"

가게 주인이 부소장님에게 바짝 다가왔다.

"기왕이면 로또나 연금복권 같은 거, 좀 안 될까? 나도 당첨되면 복채는 꼭 줄게, 응?"

"그…… 그게 언제였어요?"

부소장님이 떨리는 목소리로 물었다.

"그 사람, 그 사람 누구예요? 내가 가르쳐줘서 복권 샀다는 사람……."

"그 사람? 그 사람이야 누군지 모르지……."

가게 주인이 당황하며 대답했다.

"자기 요즘 인터넷 어디에서 유명해졌대, 족집게 도사라고……. 그거 보고 왔다고, 진짜로 용하면 즉석복권 당첨번호 가르쳐달라고 그러니까 자기가 저쪽 복권방 척 가리키면서 저기 가서 딱 한 장만 사라고 그랬잖아……. 자기 진짜 멋있더라. 그렇게 용한 줄 알았으면 진작에 나도 점 보는 건데."

가게 주인이 주절주절 늘어놓았다. 그리고 다시 부소장님에게 바짝 다가왔다.

"자기 나한테도 그거 좀 가르쳐줄 수 없어? 자기 맨날 우리 가게 앞에 자리 펴놓고 있는데도 내가 아무 소리 안 했잖아. 자릿값 낸다 치고 하나만 딱 집어줘 봐, 응?"

부소장님은 서둘러 탁자와 의자를 접었다. 오른손으로 물건을 잘 잡을 수 없어 마음처럼 빨리 진행되지 않았다. 간신히 탁자와 의자를 접고 나서 부소장님은 할 수 있는 한 급하게 카드와 다른 도구들을 가방에 담아 일어섰다. 가게 주인이 부소장님을 붙잡았다.

"아니, 그렇게 가버리지 말구, 여태까지 날이면 날마다 여기서 자리 잡고 앉아 있었으면 나한테도 한 번쯤은 찍어줄 수 있잖아, 응?"

부소장님은 자신의 팔을 잡은 가게 주인의 손을 내려다보았다. 가게 주인의 손 옆 땅바닥에 양이 앉아 있었다. 양이 고개를 저었다. 부소장님을 통해서 양이 말했다.

"그건 양이 원해야 해요."

가게 주인이 어리둥절하여 부소장님을 쳐다보았다. 부소장님이 양을 바라보며 말했다.

"사장님에게는 이제 양이 오지 않아요."

"양?"

가게 주인이 되물었다. 부소장님은 아무 말도 하지 않았다. 가게 주인은 다시 설득하기 시작했다.

"예전에 왜, 그때 나보고 그 돈 빌려주지 말라고 한 거, 그때 자기 말을 들을 걸 그랬어. 진짜 그 집 막내가 다단계에 빠졌더라구. 일억 투자하라는 걸 내가 반 딱 잘라서 오천만 줬는데 그 돈도 이제는 받을 길이 막막해가지구…… 그러지 말고 한 번만 찍어주라, 응?"

가게 주인의 발 옆에 앉아 있던 양이 고개를 들어 가게 주인을 쳐다보았다. 이전에 그랬듯이 두 눈이 벌겋게 부었고 목에는 수술 자국이 선명하게 나 있었다. 돈을 빌려 간 사람은 자기 돈이 아닌 나머지 오천만 원도 반드시 자기 돈으로 만들겠다고 결심한 것 같았다.

"문단속을 잘하시는 게 좋아요."

부소장님이 말했다.

"칼을 가지고 올 거예요."

"뭐?"

부소장님이 천천히 되풀이했다.

"칼을 가지고 올 거예요."

가게 주인의 얼굴에 두려움의 표정이 떠올랐다. 가게 주인이 부소장님을 잡은 손을 놓았다. 가게 주인의 발 옆에 앉아 있던 양이 일어섰다.

부소장님은 서둘러 짐을 챙겨 가게 앞을 떠났다. 녹색 불이 깜빡이는 횡단보도에 뛰어들어 반쯤 건너다가 빨간 불로 바뀌어 차를 모는 사람들에게 욕설을 들었다. 부소장님은 개의치 않았다. 짐을 어떻게든 모두 끌고 부소장님은 고시원으로 돌아왔다. 방으로 들어와서 부소장님은 덜덜 떨며 탁자와 의자를 내던지듯 내려놓았다. 그리고 여전히 떨리는 손으로 타로카드와 명리학 책을 가방에서 꺼냈다.

자신이 즉석복권 번호를 알려주고 돈을 받았다는 사실을 부소장님은 받아들일 수도 용서할 수도 없었다. 전남편도 인터넷 전자복권과 체육복권으로 시작했다. 이후 전남편은 사설 체육복권에 손을 댔다. 그리고 다른 종류의 도박도 시험해보기 시작하면서 전남편은 자기 발로 아주 빠르게 수렁 속으로 뛰어들었다. 그 결과 부소장님은 가정을 잃었다. 자녀가 성장해서 이미 떠나고 남은 부부 사이가 그렇게까지 따뜻하거나 끈끈하지는 않았어도 부소장님에게는 친밀하고 익숙한 가정이었다. 전남편은 함께 쌓아온 그 삶을, 그 세월을 인터넷 도박을 위해서 모두 내팽개쳤다. 부소장님은 합법적인 체육복권과 사설 스포츠 도박의 차이점을 알지 못했고 알고 싶어하지도 않았다. 자신도 전남편과 똑같은 사람이 되어가고 있는 것이 아닌지, 혹은 다른 사람을 똑같은 중독의 길로 내몬 것이 아닌지 부소장님은 의심하기 시작했다.

부소장님은 카드와 명리학 책을 다시 가방에 집어넣었다. 드라마에 나오듯이 당장 타로카드를 모두 불태워버리고 다음 날 쉽고 빠르게 다른 일자리를 찾는 것은 불가능했다. 점 보는 일을 그만둔다면 그 뒤에는 무엇을 해야 먹고살 수 있을지 궁리해보아야 했다. 자기 앞에 자꾸만 나타나는 양을 어떻게 해야 떼어낼 수 있는지 그 방법도 알아내야 했다. 자신에게 돈을 준 사람도 가능하다면 찾아내서 받은 돈을 돌려주어야 했다. 딸에게 준 돈을 도로 빼앗고 싶지는 않았다. 그렇다면 그렇게 큰돈을 갑자기 어디서 구해서 돌려줄 수 있을지 부소장님은 알 수 없었다. 머릿속이 복잡해지기 시작했다.

부소장님은 침대에 누웠다. 양이 방에 들어와서 바닥에 동그랗고 하얗게 몸을 웅크렸다. 양은 인간의 불행을 바라지 않았다. 양은 부소장님이 행복해지기를 원했기 때문에 부소장님이 가장 원하는 일을 해준 것이었다.

그래서 부소장님은 진심으로 무서워졌다.

깨어났을 때 부소장님은 모르는 도시에 있었다. 시간은 한 달이 지나 있었다.

무슨 수를 써서라도 딸에게 연락하지 말아야 한다. 정신을 차리고 주위를 둘러본 뒤에 자신이 또다시 낯선 곳에서 깨어났음을 알았을 때 부소장님은 가장 먼저 그렇게 생각했다. 이번에는 접이식 탁자도 간이 의자도, 그리고 지갑도 휴대폰도, 아무것도 없었다. 부소장님은 옷 주머니를 전부 뒤져보았다. 주머니는 비어 있거나 휴지 조각과 쓰레기 부스러기만 손에 잡혔다. 부소장님에게는 돈도 신분증도, 아무것도 없었다.

부소장님은 간절하게 딸을 생각했다. 그러나 동시에 부소장님은 딸에게 부담을 주고 싶지 않았다. 자신이 동물에게 홀려서 알지 못하는 곳을 정신 놓고 떠돌고 있다는 사실을 절대로 딸에게 알릴 수 없었다.

시간은 이미 자정을 넘긴 늦은 밤이었다. 터미널 대합실은 어둠침침했다. 부소장님은 불빛이 보이는 반대편 복도로 갔다. 그러나 상점은 모두 잠겨 있었고 안에는 사람이 없었다. 조명만 환하게 켜져 있을 뿐이었다.

부소장님은 낙담했다. 주변을 두리번거리며 부소장님은 매표소로 향했다. 숙직하는 터미널 직원이 있을지도 모른다. 버스 푯값이라도 얻을 수 있으면 일단 집에 갈 수 있을지도 모른다.

"심야 매표소"라는 조그만 팻말이 달린 창구 안에는 불이 켜져 있었다. 그러나 창구는 하얀 칸막이로 안쪽이 보이지 않게 가려진 채 닫혀 있었다. 부소장님은 "심야 매표소"와 그 밑에 영어로 MIDNIGHT TIMETABLE이라고 적혀 있는 파랗고 두꺼운 글씨를 멍하니 쳐다보았다. 아래쪽에 손으로 쓴 작은 글씨로 "심야버스 당분간 운행 중단합니다"라고 적혀 있었다.

부소장님은 일평생 그때만큼 절망한 적이 없었다. 손가락을 잃었을 때도 그렇게까지 마음이 부서지지는 않았다. 부소장님은 심야 매표소 창구 앞에 주저앉아 울기 시작했다. 울다 지쳐서 울음을 그쳤을 때도 아무도 나타나지 않았다. 부소장님은 차가운 터미널 바닥에 앉은 채로 밤을 지냈다.

새벽에 직원들이 출근하고 첫차가 다니기 시작했을 때 부소장님은 가장 처음 출근한 직원을 붙잡고 사정했다. 직원은 경찰을 불렀다. 경찰은 부소장님의 딸에게 연락했다. 상황은 부소장님이 가장 원하지 않았던 방향으로 진행되었다. 오후에 딸이 부소장님을 데리러 왔다.

한 달 동안 제대로 씻지도 먹지도 못한 부소장님의 몰골을 보고 딸은 울었다. 딸의 자취방이 있는 도시로 향하는 동안 버스 안에서 사람들이 흘끔흘끔 쳐다보았다. 부소장님은 딸의 손을 붙잡고 잠들었다가 퍼뜩 몸서리를 치며 깨어났다가 옆에 딸이 있다는 사실을 확인하고 다시 잠들곤 했다. 딸은 부소장님 곁에 있었고, 양은 없었다.

부소장님은 딸의 자취방에서 한동안 지내기로 했다. 몸을 씻고 딸의 잠옷을 빌려 입고 밥을 먹고 나니 부소장님은 조금 살아날 것 같은 기분이 들었다. 부소장님의 휴대폰과 카드 등은 모두 딸이 나서서 분실 신고를 하고 사용 정지시켰다.

"엄마 번호로 전화가 왔었어."

딸이 조심스럽게 말을 꺼냈다. 부소장님은 또다시 익숙한 불안감이 가슴 안에 무겁게 자리 잡는 것을 느꼈다. 딸이 천천히 말했다.

"처음에 엄마인 줄 알고 받았는데 모르는 아저씨였어."

"누구래? 뭐래?"

부소장님이 물었다. 딸이 고개를 저었다.

"엄마 이름이 뭐냐, 지금 엄마 어디 계시냐, 자기가 핸드폰 가져다주겠다고 엄마 주소를 말하래."

"그래서, 말했어?"

부소장님이 물었다. 딸이 세차게 도리질했다.

"설마. 절대 안 된다고 그랬지. 그랬더니 그 아저씨가 자꾸 전화해서 나한테 가져다주겠다고 나보고 이름하고 주소를 알려달라는 거야. 무서운데 엄마 번호라서 차단할 수도 없고."

부소장님의 휴대폰은 잠겨 있었지만 비밀번호는 단순해서 매우 풀기 쉬웠다. 그나마 딸의 번호를 이름이 아니라 '우리 딸램'으로 저장해놓은 것이 천만다행이었다. 그리고 부소장님은 메신저나 문자를 사용하지 않았다. 딸의 주소 등 중요한 정보는 수첩에 따로 적어두었다. 그 수첩은 휴대폰을 가져간 사람 손에 들어가지 않은 것이 분명했다.

부소장님은 한숨을 쉬었다. 딸을 품에 꼭 안았다.

"그냥 여기서 나랑 있자, 엄마."

딸이 부소장님에게 안긴 채 말했다.

"엄마가 보내준 돈, 하나도 안 썼어. 그냥 다 그대로 있어."

부소장님은 '돈'이라는 말에 가슴이 덜컹 내려앉았다. 딸이 자신을 껴안은 부소장님의 손을 양손으로 감쌌다.

"그러니까 엄마, 여기서 나랑 같이 있자. 엄마 고생 너무 많이 했어. 이젠 전화도 카드도 다 정지시켰으니까 여기서 나랑 같이 있으면서 푹 쉬어."

부소장님은 딸의 머리를 쓰다듬었다.

"그래."

부소장님이 대답했다.

"여기서 같이 있자."

그리고 부소장님은 정말로 한동안 딸의 자취방에 틀어박혀 바깥에 전혀 나가지 않았다. 딸이 학교에 가고 나면 집 안을 청소하고, 설거지를 하고 빨래를 해서 널었다. 딸의 옷을 다림질하고 냉장고를 점검하고 반찬을 만들고 국을 끓였다. 저녁이면 딸이 돌아왔다. 그러면 부소장님은 딸과 함께 식사를 하고 텔레비전을 보다가 일찍 잠이 들었다. 딸과 함께 사는 생활은 즐겁고 평온했다. 부소장님은 딸이 어렸을 때 같다고 자주 생각했다. 전남편이 없다는 사실만 빼면 딸이 대학에 진학하기 전에 같이 살던 시절과 비슷했다. 그때 부소장님은 계속 직장에 다니고 있었고, 그래서 근무 시간에 따라 새벽에 출근하기도 하고 직장 일이 바쁠 때면 야근을 하기도 했다. 그때 바빠서 해주지 못했던 여러 가지를 지금이라도 해줄 수 있어서 다행이라고 부소장님은 요리를 하고 딸의 옷을 다림질하며 생각했다.

그리고 어느 날 딸이 말했다.

"엄마, 옷 사러 가자."

"옷? 옷은 왜?"

부소장님이 물었다. 딸이 눈을 일부러 동그랗게 떴다.

"그럼 계속 내 옷 뺏어 입을 거야?"

"엄마가 딸 옷 좀 입으면 어떠니?"

부소장님이 되받았다. 부소장님은 딸 옆으로 가서 포즈를 취했다.

"이렇게 있으면 언니하고 동생 같지 않아?"

딸이 웃었다. 그리고 조금 진지하게 권했다.

"그래도 엄마, 당장 입을 옷하고 신고 다닐 신발이 있어야지 어딜 나가든지 하지."

"나가긴 왜 나가? 엄만 집이 젤 편해."

부소장님은 이렇게 말하고 보란 듯이 방바닥에 벌렁 드러누웠다.

"아, 편하다."

딸이 부소장님에게 다가와서 다리를 끌어당겼다.

"그러지 말고 엄마, 옷 사러 가자, 응?"

딸이 졸랐다.

"나도 옷 사고 싶단 말이야."

그래서 부소장님은 모처럼 딸과 함께 외출하게 되었다. 그리고 그곳에서 양을 만났다.

부소장님은 사람 많은 곳에 나가고 싶지 않았다. 또 무슨 일이 일어날지 불안했고 무엇보다도 딸 앞에서 기괴한 행태를 보이게 될까 무척 걱정되었다. 반면 딸은 모처럼 엄마와의 외출에 신이 나 있었다. 딸이 사는 도시에서 가장 유명하다는 쇼핑몰에 가서 함께 수다를 떨며 주전부리도 즐기고 옷과 잡화를 구경하다 보니 부소장님은 점차 마음이 편해지고 즐거워졌다.

쇼핑몰 지하와 연결된 상점가는 미로 같았다. 그 지하 상점가를 이리저리 돌아다니다가 쇼핑몰 반대편에 있는 백화점으로 나왔을 때는 부소장님도 딸도 지쳐 있었다. 부소장님은 딸과 함께 백화점 지하 식당가에서 식사를 하고 차도 마셨다. 식당가 반대편에서는 할인행사를 하고 있었다.

"엄마, 저기 가보자."

딸이 말했다.

"다리 아픈데 그냥 집에 가면 안 돼?"

부소장님이 불평했다.

"엄마 맨날 집에만 있잖아. 모처럼 나온 김에 볼 만한 거 다 보고 가야지."

딸이 주장했다. 그래서 부소장님은 딸의 손에 끌려 행사장으로 향했다.

철 지난 옷가지를 파는 매대를 구경하다가 부소장님은 딸과 함께 더 안쪽으로 들어갔다. 그곳에서는 신발을 팔고 있었다. 하얀 운동화가 부소장님의 눈에 들어왔다. 부소장님은 운동화가 진열되어 있는 매대로 천천히 다가갔다.

"예, 이 운동화는 양털을 원료로 하는 펠트라는 재질로 만들어졌는데요, 모직이라 가볍고 통기성이 좋고 물을 흡수하지 않는 성질이 있어서……."

운동화를 판매하는 직원이 상품의 특징을 줄줄 읊었다. 부소장님은 듣고 있지 않았다. 매대 앞에 가만히 서서 하얀 운동화를 바라보았다. 발 옆면에 익살맞게 웃는 양 얼굴이 검은 선으로 단순하게 그려져 있었다.

"그게 마음에 들어?"

딸이 옆에 와서 물었다. 부소장님은 대답 대신 팔을 뻗어 운동화를 집어 들었다. 양손에 운동화를 들고 가만히 들여다보았다.

"이거 주세요."

딸이 직원에게 말했다. 발에 맞는 사이즈를 찾을 필요는 없었다. 이미 부소장님이 자기 발에 맞는 한 켤레를 손에 들고 들여다보고 있었다.

"엄마, 괜찮아?"

딸이 부소장님의 어깨를 살살 쓰다듬었다. 부소장님은 고개를 돌려 딸을 쳐다보았다.

"응, 그래."

부소장님이 말했다.

"집에 가자."

딸은 동의했다. 모녀는 쇼핑을 마치고 집에 돌아왔다. 그날 새벽 부소장님은 익살맞게 웃는 양의 옆얼굴이 그려진 운동화를 신고 집을 나섰다. 딸은 곤히 잠들어 있었다. 부소장님은 딸에게 아무 말도 하지 않았다. 부소장님이 양의 신발을 신은 것이 아니라 양이 부소장님을 신고 있었기 때문이다. 그리고 부소장님은 다시 그 모르는 도시의 버스 터미널로 돌아갔다.

"어디로 도망쳤나 했는데 멀쩡해져서 왔네?"

부소장님은 눈을 떴다. 눈앞에 모르는 남자의 얼굴이 있었다. 모르는 남자가 부소장님을 깔고 엎드려 온몸으로 짓누르고 있었다.

"딸네 집에 가서 호강하고 왔나 보지?"

모르는 남자가 부소장님의 몸을 더듬으며 말했다.

"딸은 몇 살이야? 스무 살? 스물한 살? 어린 것 같던데. 대학생?"

부소장님은 몸을 움직이려 했다. 모르는 남자가 짓누르고 있어서 움직이기 어려웠다. 부소장님이 몸을 움찔거리자 모르는 남자는 더 세게 눌렀다.

"어허, 어딜 가려고? 딸은 이름이 뭐야?"

부소장님은 비명을 질렀다. 모르는 남자가 웃었다.

"소리 질러봐, 어디. 누가 오나."

주변은 어두웠고 부소장님이 누워 있는 길에서는 담배꽁초와 술에 절어버린 쓰레기 냄새가 진하게 풍겼다. 부소장님은 다시 소리를 질렀다. 모르는 남자가 자신의 바지에 손을 대는 것이 느껴졌다. 부소장님은 있는 힘을 다해 몸부림쳤다.

"어이구, 밥을 잘 먹었나 봐, 힘이 세졌네?"

모르는 남자가 비웃었다. 그리고 부소장님의 목을 조르기 시작했다.

"딸은 어디 살아?"

모르는 남자가 물었다.

"어디서 살아? 몇 살이야? '우리딸램' 이름 뭐야? 얘기하면 놔줄게."

부소장님은 숨이 막히는 것을 느꼈다. 다시 입을 벌려 비명을 질렀다. 목소리가 나오지 않았다. 모르는 남자가 부소장님의 목을 조르던 한 손을 치켜들었다.

그리고 남자는 작아지기 시작했다.

부소장님이 깜짝 놀라서 지켜보는 사이에 모르는 남자는 어린이만 한 체격에서 아기만 한 크기로 줄어들었다가 부소장님의 팔뚝 정도 길이까지 작아졌다. 조그맣게 변한 모르는 남자는 부소장님의 가슴 위에 올라앉아 모기처럼 앵앵거리는 소리로 뭐라 뭐라 떠들고 있었다.

부소장님은 모르는 남자의 머리를 잡아 들어 올렸다. 모르는 남자가 부소장님의 손가락 사이에 머리를 잡힌 채로 몸부림을 쳤다. 부소장님은 모르는 남자를 두 손가락으로 집은 채 일어나 앉았다.

옆에 양이 서 있었다. 양이 부소장님을 향해 고개를 끄덕끄덕 움직였다. 부소장님은 조그마한 모르는 남자를 양 앞에 내려놓았다. 양이 천천히 걸어가서 조그마한 모르는 남자를 깔고 앉았다.

부소장님은 일어섰다. 모르는 남자가 밀어 내리려 했던 바지를 추켜올리고 옷매무새를 다듬었다.

모르는 남자 위에 앉은 양이 고개를 숙여 땅을 가리켰다. 부소장님은 양이 고갯짓으로 가리키는 곳을 바라보았다. 땅에 현금이 흩어져 있었다. 모르는 남자가 몸부림칠 때 떨어진 것 같다고 부소장님은 생각했다. 모르는 남자는 자신의 팔뚝보다 작게 줄어들었는데 남자에게서 떨어진 돈은 어째서 정상적인 크기인지 부소장님은 전혀 의문을 갖지 않았다. 부소장님은 몸을 굽혀 돈을 주웠다.

— 잘 가.

양이 말했다.

"너도 잘 있어."

부소장님이 대답했다.

그리고 부소장님은 천천히 걸어서 모르는 도시의 버스 터미널 뒷골목을 벗어났다. 양은 그대로 뒷골목의 강간미수범을 깔고 앉은 채 부소장님이 떠나는 모습을 가만히 바라보았다. 부소장님은 운동화를 한 짝만 신은 채로 집에 돌아왔다. 양은 떠났다. 운동화 한 짝은 영영 찾지 못했다.

"그 운동화 한 짝은 연구소에 기증했어."

부소장님이 말했다.

"여기는 안전하니까."

내가 고개를 끄덕였다. 부소장님의 말이 무슨 뜻인지 알 것 같았다.

"따님은 잘 지내세요?"

내가 물었다. 부소장님이 웃었다.

"그럼, 이제 졸업하고 취직도 해서 잘 살지. 내가 여기서 일하는 걸 처음에는 질색을 했지만 계속 잘 다니고 승진해서 부소장도 되고 그러니까 이제는 받아들인 거 같애, 여기가 나한테 가장 잘 맞는 자리라는 걸."

딸 얘기를 할 때 부소장님은 진심으로 행복해 보였다. 그래서 나도 기뻤다.

이야기는 여기서 끝나지 않았다.

부소장님은 얼마 뒤에 전남편이 사망했다는 소식을 들었다. 정확히 말하면 딸에게 연락이 왔고 딸이 부소장님에게 알려주었다. 전남편은 부소장님이 두 번이나 갔던 그 모르는 도시에서 시신으로 발견되었다. 오랫동안 식사를 제대로 못 한 듯 몸이 심하게 말라 뼈가 보일 지경이었고 머리털과 치아도 거의 사라진 채로 쪽방에 누워 있었는데 손에는 휴대폰을 꼭 쥐고 있었다고 했다. 유품이라고 할 만한 것은 그 휴대폰뿐이었다.

"그 휴대폰은 어디에 있어요?"

내가 물었다. 도박 중독에 빠져 밥도 안 먹고 도박을 하다 사망한 사람의 원념이 깃들었으니 분명히 이 연구소 어딘가에 보관되어 있을 것이라고 나는 짐작했다. 부소장님이 대답했다.

"경찰에 있어."

"네?"

내가 물었다. 부소장님이 한마디로 설명했다.

"대포폰이었거든."

그리고 부소장님은 더 이상 말하지 않았다. 나도 더 이상 묻지 않았다.

부소장님은 시계를 보았다. 나도 따라서 시계를 보았다. 순찰 나갈 시간이었다. 그리고 부소장님은 퇴근할 시간이었다.

"저 순찰 돌러 갈게요. 안녕히 가세요."

내가 인사했다. 부소장님이 말했다.

"나는 전남편이 죽은 걸 보기 위해서 그 도시에 자꾸 갔던 것 같아."

나는 대답 대신 고개를 끄덕였다. 이런 말에는 어떻게 대답해야 할지 나는 알지 못했다.

"그나마 빨리 상속 포기해서 딸이 빚을 물려받지 않은 건 다행이야."

부소장님이 말했다. 그리고 나를 쳐다보았다.

"나 퇴근한다. 순찰 잘 돌고, 무슨 일 있으면 전화해."

"네!"

부소장님이 웃으며 손짓했다. 나는 직원실을 나왔다.

푸른 새

그날은 유독 졸린 날이었다. 밤에 일하면 이런 점이 힘들다. 하루에 잠을 몇 시간 자느냐와 관계없이 새벽 한 시에서 세 시 정도 사이에 사람은 무조건 잠을 자야만 한다는 얘기를 어딘가에서 읽은 적이 있다. 새벽 두 시에서 세 시 정도가 귀신을 보았다는 보고가 가장 많은 시간이라고 하는데, 이 시간에 잠을 안 자고 깨어 있으면 확실히 몸에 영향이 있는 모양이다.

그러나 일은 일이니까 어쩔 수 없었다. 순찰을 끝내고 나는 직원실로 돌아갔다. 퇴근하기 전에 커피라도 한 잔 마시고 싶었다.

직원실에는 아무도 없었다. 탁자 위에는 책이 한 권 놓여 있었다. 누군가 읽다 만 듯 중간 부분이 펼쳐진 채 뒤집혀 있었다. 표지에 적혀 있는 책 제목은 중학교나 고등학교 때 역사 시간에 배운 적이 있는 오래된 문헌의 현대어 해석판이었다. 연표와 해설도 새로 보강한 '완진판'이라고 띠지에 거다렇게 적혀 있었다. 나는 궁금해졌다. 그래서 책을 집어 들고 읽기 시작했다.

* * *

오래전 어느 나라가 멸망했을 때의 이야기이다. 망해가는 나라의 신분 높은 여성이 아기를 안고 도망쳤다. 남편은 식구 모두가 보는 앞에서 적들의 칼에 목이 잘렸고 집은 불탔다. 여성은 목숨을 걸고 간신히 적들의 손아귀에서 빠져나와 아기를 안고 숲길을 달려갔다. 그러나 그가 숲길을 허덕허덕 올라가서 당도한 곳은 천 길 낭떠러지 아래 유유히 드넓은 강이 흐르는 막다른 길이었다. 뒤에서 쫓아오는 적국 군인들의 고함 소리와 숲을 울리는 말발굽 소리, 칼날이 갑옷에 부딪히고 활시위가 바람에 떨리는 소리를 들으며 여성은 낭떠러지 아래 강물을 내려다보았다. 그가 눈을 감고 발을 내디뎌 뛰어내리려는 순간 품속에서 아기가 움직였다. 여성은 눈을 떴다. 아기는 아무것도 모르는 채 천진하게 웃고 있었다. 엄마와 눈이 마주치자 아기는 옹알거리며 조그만 손을 뻗어 엄마의 머리카락을 붙잡으려 했다.

엄마는 차마 아기를 죽일 수 없었다.

말발굽 소리와 고함 소리가 가까워졌다.

여성은 아기를 마지막으로 꼭 껴안았다.

"내 아가."

슬픈 엄마는 아기를 감싼 포대기를 양손으로 힘껏 움켜쥐고 속삭였다.

"살아남아라."

그리고 그는 숲길 옆 바위 사이 덤불 뒤에 조심스럽게 아기를 숨긴 뒤 양손으로 입을 막고 강을 향해 뛰어내렸다.

적들이 숲길을 따라 올라왔을 때 그곳에는 아무도 없었다. 적들이 두리번거리다 방향을 돌려 도로 내려가려 했을 때 군졸 중 누군가 아기의 울음소리를 들었다. 귀 밝은 적국 병졸은 울음소리를 따라가서 바위 사이 덤불 뒤에서 울고 있는 아기를 발견했다. 병졸은 대장에게 아기를 데려갔다.

"그냥 둬라."

대장이 말했다.

"혼자 죽겠지."

병졸은 아기를 도로 덤불 뒤에 갖다 놓으려 했다. 그때 대장이 아기가 목에 턱받이 대신 두른 손수건을 눈여겨보았다. 그것은 하얀 비단에 꽃이 핀 나뭇가지와 그 나뭇가지에 앉은 새 한 마리가 수놓인 무척 정교하고 아름다운 물건이었다. 대장은 손을 뻗어 아기 목에 두른 손수건을 가져가려 했다. 아기가 울면서 버둥거렸다. 손수건은 아기의 목 뒤에 묶여 있어 쉽게 풀리지 않았다. 대장은 아기의 목 뒤로 양손을 뻗었다. 대장이 손수건을 풀어 빼내려 할 때 아기의 손톱이 대장의 손을 할퀴었다.

대장은 손수건을 아기 목에서 벗겨낸 뒤 병졸에게 명하여 아기를 땅바닥에 내려놓게 했다. 그런 뒤 대장은 말을 몰아 아기 위를 지나갔다. 말발굽이 아기의 왼팔을 짓밟았다. 아기는 불에 덴 듯 찢어지는 소리로 울기 시작했다.

"울다 죽어라."

대장이 말했다.

그리고 적들은 아기를 남겨두고 숲길을 내려가 사라졌다.

적들이 사라진 뒤에도 아기는 계속해서 울었다. 태양이 숲 위로 높이 떠올라 잠시 따가운 햇살을 뿌렸으나 곧 나무 사이로 가려졌다. 햇살이 기울어가고 아기 혼자 울고 있는 쓸쓸한 숲길에 가난한 부부가 찾아왔다. 부부는 버섯이든, 나물이든, 도토리나 나무 열매든, 하여간 뭐든 먹을 수 있는 것을 찾으려 숲을 돌아다니고 있었다.

부부는 지금은 멸망한 나라에서 미천하고 궁핍한 집안에 태어나 평생 떠돌아다니며 살았고 인간 세상의 여러 괴로움을 잘 알고 있었다. 그래서 가난한 부부는 팔을 다친 채 땅바닥에 버려져 울고 있는 아기를 모른 체할 수 없었다. 부부는 아기를 집으로 데려갔다. 아기를 씻기고 다친 팔을 돌보아주기 위해 포대기를 벗겼을 때 부부는 피로 얼룩진 포대기에 수놓인 무늬를 보고 아기가 누구인지 알게 되었다. 부부는 서로 쳐다보았다. 아내가 먼저 아기에게서 포대기를 벗겨냈다. 그리고 포대기를 꼼꼼하게 접었다. 포대기의 무늬가 보이지 않도록 작게 접어 뭉친 뒤에 아내는 포대기를 옷가지 사이에 숨겼다. 남편이 아궁이에 불을 지피고 물을 끓였다. 부부는 아기를 씻기고 먹였다. 그리고 풍족하지 않지만 따뜻하게 보살폈다.

세월이 흘렀고 멸망한 나라에 대해 아무도 애써 떠올리거나 입 밖에 내어 말하지 않게 되었다. 그사이 아기는 처녀가 되었다. 처녀는 왼팔이 비틀어져 말라붙었으나 바느질과 자수 솜씨가 뛰어나 근방에 이름을 알렸다. 바느질도 자수도 양손이 필요했는데 처녀는 말라붙은 왼손으로 교묘하게 수틀이나 천을 잡고 다치지 않은 오른손으로 능숙하게 바늘을 움직였다. 비틀어진 왼손 손가락 사이에 바늘을 끼우고 오른손으로 색색가지 실을 꿰고 매듭을 짓는 솜씨는 가히 일품이었다. 처녀의 바느질 솜씨가 소문을 타고 알려서 일감과 함께 곡식 자루나 과일 바구니, 고운 피륙이나 번쩍이는 은전을 든 사람들이 가난한 부부의 집에 시나브로 드나들었다. 가난한 부부는 더 이상 가난하지 않았고 도토리를 따고 나물을 캐러 온종일 산을 돌아다니지 않아도 살아갈 수 있게 되었다. 그리고 바느질 솜씨로 유명한 처녀의 집에 어느 날 높은 집안의 시종이 찾아왔다.

시종은 높은 집안의 도련님이 혼사를 치르게 되었으므로 신부에게 선물할 손수건이 필요하다고 말했다.

"이것과 똑같이 만들어주시오."

시종이 말하며 하얀 손수건을 내밀었다. 비단 바탕에 나뭇가지와 새가 정교하게 수놓인, 보기 드물게 아름다운 물건이었다. 이어서 시종은 함께 들고 온 보따리를 풀고 안에 든 비단 천을 펼쳐 보였다.

"여기에 수를 놓으시오. 이 비단은 먼 나라에서 어렵게 구해 온 귀한 피륙이니 조심해서 다루시오. 잘 만들면 대장님께서 큰 상을 내리실 거요."

시종이 돌아간 뒤에 부부는 꽃이 핀 나뭇가지와 푸른 새가 수놓인 하얀 비단 손수건을 앞에 펼쳐놓고 말없이 바라보았다. 마침내 부부는 서로 마주 보며 한숨을 쉬었다. 남편이 일어나 다락으로 갔다. 다락 깊숙이 숨겨둔 옷 궤짝을 찾아냈다. 그리고 곱게 접어 궤짝 가장 밑바닥에 넣어두었던, 오래전 팔 다친 아기를 감싸고 있던 포대기를 꺼냈다.

부부는 오래된 피가 굳어 단단해진 포대기를 딸 앞에 조심스럽게 펼쳤다. 갈색 얼룩이 깊이 밴 포대기 안쪽에 수놓인 빨간 꽃이 만발한 나뭇가지와 푸른 몸에 녹색 부리를 가진 새를 보여주었다. 그 꽃가지와 새는 오래전 멸망한 나라의 높은 집안에서 사용했던 문장이었다. 처녀가 바로 그 멸망한 나라의 사라져버린 집안의 마지막 후손임을 부부는 천천히 설명했다.

처녀는 말없이 부부의 이야기에 귀를 기울였다. 그리고 다치지 않은 오른손으로 말라붙은 왼팔과 도톰한 포대기에 단단히 자리 잡은 두꺼운 갈색 얼룩을 번갈아가며 살그머니 만졌다. 처녀의 손가락이 수놓인 붉은 꽃을 지나 푸른색과 녹색의 새에 닿았다. 새가 피로 얼룩진 하얀 비단 위에서 날개를 푸드덕거렸다.

'내 아가.'

새가 속삭였다.

'살아남아라.'

흠칫 놀라 뒤로 물러나는 처녀에게 부부 중 아내가 말했다.

"새가 아씨를 알아보는 것입니다."

처녀는 '아씨'라는 말에 깜짝 놀라 부부를 쳐다보았다. 자신을 길러주고 돌보아주고 사랑해준 이 두 사람이 처녀에게는 아버지이고 어머니였다.

"제 혼자 힘으로 이제 와서 나라를 다시 세울 수는 없습니다."

마침내 처녀가 말했다.

"무엇보다도 함부로 나섰다가는 어머님과 아버님께 화가 미칠 터이니 어찌 경거망동하겠습니까."

부부는 '어머님과 아버님'이라는 처녀의 말에 눈물을 흘렸다. 그리고 가족 모두 지금까지 영위했던 평범하고 소박하고 안전한 삶을 지속하는 데 동의했다.

삶은 그들을 다른 방향으로 이끌었다.

손수건은 적국 대장의 시종이 지정한 날보다 훨씬 빨리 완성되었다. 처녀의 아버지가 대장의 집에 완성된 손수건을 가져다주겠다고 말했을 때 처녀는 자신도 함께 데려가달라고 부탁했다. 그것은 전에 없던 일이었다. 어째서 그렇게 말했는지 처녀 자신도 잘 알지 못했다. 낳아준 부모를 죽이고 태어난 나라를 멸망시킨 자들의 얼굴을 자기 눈으로 보고 싶었는지도 모른다. 아버지는 처녀와 함께 대장의 집으로 향했다.

대장의 집에는 마당부터 집 기둥 사이사이에 바구니와 궤

짝들이 즐비하게 놓여 있었다. 시종들이 창고와 부엌을 분주하게 오가며 신부 집안에 보낼 음식과 선물을 분류하거나 여러 가지 보자기 혹은 얇고 섬세한 종이에 싸거나 그렇게 포장한 선물을 바구니 혹은 궤짝에 채워 넣었다. 대장의 아들은 방에 앉아 문을 열고 마당을 내다보며 시종들이 그렇게 움직이는 광경과 여러 가지 물건들을 구경하고 있었다. 손수건이 완성되었다는 말에 대장의 아들은 직접 보고 싶다며 처녀와 아버지에게 안마당으로 들어오라 명했다. 그리고 대장의 아들은 손수건을 가져온 처녀를 보고 음험한 마음을 품었다.

그것은 연정도 아니었고 심지어 성욕조차 아니었다. 대장의 아들은 아비를 닮아 잔학하고 무도한 인간이었다. 처녀의 긴 소매 아래서 대장의 아들은 언뜻 처녀의 비틀리고 말라붙은 왼손을 보았다. 그래서 대장의 아들은 몸이 저렇게 생긴 여자를 욕보이는 것이 어떤 느낌일지 문득 궁금해진 것이다. 그리하여 혼사를 앞둔 귀한 집안의 외동아들이 바느질하는 처녀에게 명했다.

"네 아비는 가도 좋다. 너는 여기 남아라."

처녀의 아버지는 새파랗게 질렸다. 처녀의 아버지가 마당에 꿇어 엎드려 간원하려 할 때 처녀가 먼저 입을 열었다.

"소인의 집은 가난하옵니다. 소인이 이 손으로 바느질하고 수를 놓아 부모를 봉양하지 않는다면 누가 제 아비의 밥을 짓고 제 어미의 옷을 입히겠습니까. 부디 저를 돌려보내주십시오."

그러자 대장의 아들이 말했다.

"그러면 너는 나의 첩이 되어라. 이 집에 살며 나와 내 신부와 앞으로 태어날 아이들의 바느질을 도맡아 하면 너도 네 부모도 평생 밥 굶을 걱정은 하지 않을 것이다."

"대체 무슨 말씀이시옵니까."

처녀가 한동안 마음을 가다듬고 말을 고른 뒤에 대답했다.

"혼사를 앞두신 귀한 도련님께서 이렇게 천한 것을 먼저 집안에 들이려 하시다니요……."

"감히 어느 앞이라고 나를 타이르려 드느냐!"

대장의 아들은 처녀의 말을 끊고 고함쳤다. 처녀는 대장의 시종들이 모두 일을 멈추고 지켜보는 앞에서 차분하게 설득했다.

"곧 마님이 되실 높으신 아씨와 아씨의 집안 어르신들께서도 이를 아시면 절대로 기뻐하지 않으실 것입니다."

대장의 아들은 광란했다.

"저 버르장머리 없는 년을 당장 붙잡아 혼을 내주어라!"

시종들은 아무도 선뜻 나서려 하지 않았다. 혼사는 중대한 일이었고 대장은 권세 있는 사람으로서 지켜야 할 체면이 있었으며 그러므로 처녀가 말한 대로 사돈이 될 집안에 실례가 되는 짓을 함부로 저지를 수는 없었다.

"정실보다 후실을 먼저 들이는 법도는 세상에 없사옵니다."

마침내 나이 든 시종이 나서서 충고했다.

"혼례를 먼저 치르셔야지요."

"이것들이 어느 앞이라고 함부로 주둥이를 놀려!"

대장의 아들이 목청껏 고함쳤다. 그 소리를 듣고 다른 방에 있던 대장의 아내가 안마당으로 나왔다.

"대체 무슨 일이냐?"

대장의 아들은 세상을 전부 깔보았으나 자신의 어머니와 아버지만은 두려워했다. 대장의 아들이 어머니 앞에서 머뭇거리는 사이에 처녀는 자신의 아버지를 따라 얼른 대장의 집을 빠져나왔다.

대장의 아들은 쉽게 단념하지 않았다. 그는 원하는 것을 갖지 못한 경험이 별로 없었다. 그러므로 스스로 느끼기에 이토록 모욕적인 방식으로 자신의 욕망이 거절당한 울분을 바느질하는 처녀에게 반드시 몇 배로 갚아주고야 말겠다고 속으로 이를 갈았다. 그리고 틈을 보아 자신을 잘 따르는, 역시나 잔학하고 무도한 시종 몇 명을 데리고 바느질하는 처녀의 집에 찾아왔다.

처녀의 아버지는 쌀과 국거리를 사러 나갔고 처녀의 어머니는 실과 피륙을 보러 나갔다. 집에는 바느질하는 처녀가 혼자 앉아 수를 놓고 있었다. 대장의 아들은 조그만 방문을 부서져라 힘껏 열고 자기 집인 양 방 안에 성큼성큼 들어갔다.

"저것은 무엇이냐?"

대장의 아들이 방구석을 가리키며 물었다. 상 위에 처녀가 아기였을 때 사용했던 포대기가 펼쳐져 있었다. 처녀와 처녀의 어머니가 정성 들여 빨아서 핏자국을 지웠기 때문에 이제는 나뭇가지에 핀 붉은 꽃과 푸른색 몸통에 녹색 부리의 새가 선명하게 보였다. 포대기가 손수건보다 크고 새 문양이 더 복잡했기 때문에 처녀는 손수건에 수를 놓으면서 이 포대기도 본으로 사용했다. 대장의 아들이 상으로 걸어가 포대기를 집어 들었다.

"우리 집에서 보낸 비단을 훔쳐 다른 데 빼돌릴 물건을 만들었느냐?"

대장의 아들이 야비한 웃음을 지었다.

"도둑은 처벌을 면치 못할 것이다."

그리고 대장의 아들은 시종들을 시켜 바느질하는 처녀를 끌어내었다. 처녀는 대장의 집으로 끌려가 어두운 창고에 갇혔다. 처녀를 창고 안에 내동댕이치고 나서 대장의 아들은 포대기를 칼로 찢어 처녀 앞에 내던졌다.

"너도 이 꼴로 만들어주겠다."

그리고 대장의 아들은 무자비하게 웃으며 창고에서 나간 뒤 시종들을 시켜 창고 문에 커다란 빗장을 걸게 했다.

처녀는 어둠 속을 더듬어 땅바닥에 버려진 포대기 조각들을 집어 들었다.

'살아남아라.'

칼날에 찢기고 부서진 새가 처녀에게 속삭였다.

대장 아들의 혼례 준비는 착착 진행되었다. 처녀가 수를 놓은 손수건은 신부에게 보내는 다른 선물과 함께 커다란 함에 담겨 이웃 마을로 보내졌다. 혼렛날 아침 곱게 치장하고 신랑이 될 집안에서 보내온 혼례복을 차려입고 처녀가 수놓아 만든 손수건을 손에 쥔 신부가 가마에 올랐다. 신부 일행은 일찌감치 길을 떠났다. 산을 넘기 위해 숲길을 지나갈 때 숲속에서 나무들이 인제히 부스럭거리기 시작했다. 강이 보이는 낭떠러지 옆길을 지날 무렵 새떼가 하늘을 뒤덮고 신부를 태운 가마를 덮쳤다. 가마꾼도, 신부를 돌보던 사람들도 모두 혼비백산했다. 다친 사람은 없었으나 새들이 물러난 뒤에 보니 가마가 새똥으로 뒤엎이고 부리에 쪼이고 발톱에 찍혀 군데군데 부서져 탈 수 없게 되었다. 신부는 울면서 시종들의 부축을 받아 가마를 버리고 걸어서 집으로 돌아가야 했다.

대장의 집에서는 시종들이 혼례상을 차려놓고 음식을 계속 내오며 분주하게 움직였다. 예복을 갖춰 입은 대장과 대장의 아내, 그리고 대장의 아들이 친척과 친지들과 함께 신부를 기다리고 있었다. 동리 사람들 모두 잔치 음식을 기다리며 군침을 흘리면서 대장의 집 앞에 모여 있었다. 한낮이 지나도 신부를 태운 가마가 도착하지 않았다. 사람들이 수런거리기 시작했다.

신부의 집에서 가마 대신 심부름꾼이 도착했다. 심부름꾼은 신부 일행이 산길에서 새떼의 습격을 받았음을 알렸다. 온몸이 파랗고 부리만 녹색인 기이한 새들이 떼를 지어 몰려와 가마를 망가뜨리고 가마꾼과 시종들은 물론 신부까지 부리로 쪼고 발톱으로 할퀴었다는 말을 듣고 대장의 아들은 불같이 화를 내었다.

"그 도둑년이 무슨 술수를 쓴 것이다."

대장의 아들이 고함쳤다.

"가서 그 악랄한 계집과 음험한 어미와 아비까지 모두 잡아와라!"

시종들이 창고로 몰려가 바느질하는 처녀를 끌고 나왔다.

대장의 아들은 안마당으로 나아가 모인 사람들이 모두 바라보는 앞에서 처녀에게 칼을 겨누었다. 대장과 대장의 아내는 처녀가 누구이고 아들이 왜 저렇게 화를 내는지 전혀 이해하지 못하여 어리둥절하게 보고 있었다.

"이 도둑년!"

대장의 아들이 째지는 소리로 외쳤다.

"내 비단을 훔치고 손수건을 빼돌리더니 이제는 악귀를 불러내 나의 혼사마저 망치느냐! 대체 무슨 사악한 술수를 썼는지 바른대로 불어라!"

"나는 아무 짓도 하지 않았다."

처녀가 대답했다.

"네 아비가 내 고국과 내 어머니를 빼앗았고 네가 나를 강제로 욕보이려 하므로 너의 집이 천지신명의 분노를 사서 하늘과 땅의 앙화를 입는 것이다."

"이년이 목숨 아까운 줄 모르고 함부로 나불거리는구나!"

대장의 아들이 외쳤다.

"내 집에서 보낸 귀한 비단 천을 훔쳐 가고 내 혼삿날에 신부까지 훔쳐 가고도 이토록 뻔뻔하게 기고만장하다니, 이 도둑년!"

"네가 도둑이다."

처녀가 대답했다.

"너와 네 아비야말로 내 것을 훔쳤다.

"그러면 나는 너와 네 아비와 어미까지 모두 죽여주겠다."

대장의 아들이 씩씩거리며 고함쳤다.

"이미 군졸들이 네 집을 둘러싸고 있다."

"내 부모님은 오래전에 떠났다."

처녀는 조용히 대답했다.

"상 위의 포대기가 나와 함께 없어진 것을 보았으니 네가 내 가족을 모두 해하려 함을 진작에 알고 이 저주받은 나라를 버리고 멀리 안전한 곳으로 도망쳤을 것이다."

"이 간교한 것들!"

대장의 아들이 발을 굴렀다.

"가만두지 않겠다!"

대장의 아들이 칼을 치켜들었다. 처녀의 목을 칼로 내리치려 했다.

하늘이 깜깜해졌다. 대장의 아들은 놀라서 양팔을 그대로 쳐든 채 하늘을 쳐다보았다. 마당에 있던 사람들 모두 하늘을 쳐다보았다. 처녀만이 움직이지 않고 그대로 있었다.

하늘에서 비 오듯 새떼가 쏟아졌다. 새들은 마당을 뒤덮고 집 안팎을 휘감고 닥치는 대로 부리로 쪼고 발톱으로 찍었다. 잔치를 준비하고자 음식을 마련하고 화려한 상을 차려두었던 마당과 뜰이 모두 새떼로 뒤덮였다. 그릇이 깨지고 접시가 뒤집히고 상이 부러지고 음식이 땅에 흩어지고 식기가 새똥으로 뒤덮였다. 대장 부부도, 일가친척과 친지들도, 음식을 나르고 상을 차리던 하인들도 비명을 지르며 도망치고 흩어졌다. 잔치를 기다리며 대문간에 몰려서 있던 마을 사람들이 고함치며 서로 부딪치며 우왕좌왕 어쩔 줄 몰랐다.

대장은 겁에 질려 칼을 마구 휘둘렀다. 그의 칼날이 새의 다리를 스쳤다. 칼에 벤 새의 다리에서 피 대신 실이 흘러나왔다. 푸른색과 녹색의 실은 대장 아들이 치켜든 칼을 휘감고 순식간에 대장 아들의 팔을 뒤덮으며 온몸을 돌아 대장 아들의 목을 조르고 머리와 가슴을 짓눌러 숨을 빼앗아 갔다.

새떼가 나타났을 때처럼 순식간에 사라진 뒤에 겁먹고 당황한 하인들이 대장과 그의 아내를 부르며 이 방 저 방 뛰어다녔다. 대장은 실에 감기고 조여 머리와 양팔, 양다리가 끊어진 주검으로 발견되었다. 대장의 아내는 목을 여전히 조르는 푸른 실을 양손으로 움켜잡은 채 기둥에 매달려 눈을 부릅뜨고 혀를 내밀고 죽어 있었다.

그제야 하인들은 손수건에 새를 수놓은 처녀를 떠올렸다. 그러나 하인들이 뒤늦게 몰려나와 처녀를 찾기 시작했을 때 처녀는 이미 사라지고 없었다.

잔칫집은 초상집이 되었다. 친척들은 대장 아들의 혼례를 보기 위해 찾아왔으나 대장 일가의 조각난 시신을 수습해야 했다. 수습이 끝난 뒤 친척들은 모여서 장례를 어떻게 치를 것이며 신부가 되려던 사람의 집에 이 상황을 어떻게 알려야 할 것인지 의논했다. 그때 누군가 창고 앞에서 외쳤다.

"불이야!"

집 안에 있던 사람들이 일제히 뛰쳐나왔다. 창고에서 불길이 솟아올라 거대한 붉은 꽃처럼 새빨간 꽃잎을 펄럭이며 안채와 부엌을 삼키고 담장과 기둥을 타고 바깥채와 행랑채로 번지고 있었다. 사람들이 달려 나와 도망치고 물을 찾으며 우왕좌왕하는 사이 불은 집 전체를 뒤덮었다. 다음 날 늦게야 불이 꺼졌을 때 대장과 그의 식구들이 살았던 웅장한 대저택은 잿더미가 되었고 대장과 그의 아내, 그의 자녀들은 시신마저 모두 불에 타서 흔적조차 남지 않았다.

마을에 전해지는 이야기에 따르면 불이 타오르던 그날 밤 대장의 집 앞에 커다란 푸른 새가 앉아 녹색 부리를 한껏 벌리고 사람처럼 소리 내어 웃었다고 한다. 새벽 동이 틀 무렵 새는 강을 향해 날아갔다. 그리고 바느질하고 수놓던 처녀도, 가난했던 부부도 그 뒤로 모습을 감추어 아무도 소식을 알지 못한다.

"그런 얘기였어요."

내가 선배에게 말했다.

"정말 재미있게 읽었는데, 책 제목이 생각나지 않아요. 삼국유사였는지 삼국사기였는지, 어느 왕 때 어느 지역에 얽힌 이야기인지, 하나도 기억이 안 나요. 그냥 마지막에 새가 웃었다는 부분만 확실하게 생각나요."

"그거, 어느 연구실에서 도망친 책이었을 수도 있어요."

선배가 말했다.

"책이 도망을 쳐요?"

내가 웃었다.

"그거 302호 손수건 얘기잖아요."

선배가 조용히 말했다.

"손수건에 수놓인 새도 가끔 도망치는데, 책이 도망치지 말란 법은 없죠."

"농담이죠?"

내가 되물었다.

"지금 저 놀리시는 거죠?"

선배는 웃었다. 그리고 더 이상 아무 말도 하지 않았다.

책은 그 뒤로도 찾지 못했다. 정말로 연구실에서 도망친 책이었을지도 모른다. 302호 안에서는 가끔 새가 푸드덕거리는 소리와 사람 목소리 같은 것이 들린다. 문을 열어볼 생각은 없다.

고양이는 왜

"206호 고양이 밖에 나와서 돌아다니던데요."

선배가 말했다.

"죄송합니다…… 연구소 바깥으로는 안 나가니까 괜찮을 거예요."

내가 대답했다. 고양이는 원래 자기 마음대로 행동하니까 내가 어떻게 할 수 있는 일은 아니다. 그래도 어쩐지 내가 데려왔으니까 내가 책임져야 할 것 같은 기분이 든다.

"그 고양이, 똑똑해요."

선배가 칭찬한다.

"나한테 가까이 올 때는 항상 먼저 소리를 내더라구요. 조심해야 하는 걸 아나 봐요."

"알 거예요."

대답하며 나는 조금 기쁘다.

순찰 나와서 나는 한 층씩 내려가며 복도를 조심스럽게 살핀다. 1층 층계참에서 고양이가 녹색 눈으로 나를 바라본다.

"나 순찰 도는데."

내가 말을 건다.

"같이 갈래?"

고양이는 말없이 내 옆으로 다가온다. 나는 고양이의 머리를 쓰다듬어준다. 그렇게 고양이는 나와 함께 순찰에 나선다.

— 이 집에 귀신 나오는 거 알아? 하긴 사람들은 잘 모르더군. 얘기해줄까? 꽤 오래된 일인데.

그곳은 골목길 끝에 있는 오래된 단독주택이었다. 대문은 아직도 멀쩡해 보이지만 담장 위로 마당의 잡풀이 사람 키보다 높이 웃자란 것이 보였다. 현관문에는 우체국에서 붙여놓은 소포나 등기우편 통지문이 돌돌 말려 누렇게 바랜 채 몇 장이나 달라붙어 있었고 창문은 반은 깨지고 남아 있는 반은 먼지와 새똥과 파리똥과 또 뭔지 모를 얼룩들이 잔뜩 앉아 벽 색깔과 구분하기 힘들었다. 집은 버려진 폐가들이 흔히 풍기는 음산하거나 무시무시한 분위기조차 풍기지 못했다. 그저 남루하고 지저분하고 더럽고 초라할 뿐이었다. 그래서인지 흉가 탐험이나 담력 시험을 좋아하는 미성숙하고 무모한 사람들조차 이 집에는 관심을 갖지 않았다. 집은 막다른 골목

끝에 거대한 쓰레기처럼 그냥 그렇게 있었다. 그냥 그렇게 썩어갔다.

그 집이 남자의 마지막 장소였다.

남자는 친구의 아내하고 바람이 났다. 평범하고 흔한 이야기다.

친구하고는 어렸을 때부터 오랫동안 알고 지냈고 아주 친한 사이였다. 서로 결혼식에서 사회도 봤고 부모님은 물론 서로의 집안 어른들이나 친척들까지도 아 네 친구 걔? 하고 다들 알은척 정도는 하는 사이였다.

그러다가 친구가 젊은 나이에 갑자기 죽었다. 사고는 아니고 병에 걸렸다고 했나, 몸이 아파서 병원에 갔더니 이미 손을 쓸 수 없는 상태였다는 것이다. 드라마에나 나올 것 같은 상황이지만 또 그만큼 상투적인 이야기이기도 하다. 그렇게 남자의 친구는 젊은 아내만 남겨놓고 순식간에 세상을 떠났고 남자는 장례식에서 마치 친구가 아니라 가족처럼, 형제처럼 친구의 부모님을 부둥켜안고 엉엉 울었다.

그러니까 남자가 친구의 집에 가서 혼자 남은 친구의 아내를 가끔씩 한 번씩 찾아가보곤 하게 된 것은 처음에는 순진히 걱정이 됐기 때문이었다. 이제 과부가 된 친구의 아내는 남편과 함께 신혼생활을 시작하기 위해 마련한 집에 혼자 남아 초췌하고 수척했다. 남자가 찾아갔을 때 친구의 과부는 처음에는 어둡고 굳어 있었으나 남자가 평생을 함께했던 절친의 아내가 혼자 남은 것이 걱정되어 찾아왔음을 이해한 뒤에는 자신의 애도와 슬픔과 설움을 눈물과 함께 쏟아냈다.

남자는 그것이 마음에 들었다. 여자의 눈물, 여자의 외로움과 비탄과 달랠 길 없는 무기력한 고통이 남자의 마음에 달콤하고 비뚤어진 음침한 즐거움을 안겨주었다. 물론 남자는 상황을 그런 식으로 바라보지 않았다. 그 당시에 남자에게 누군가 물었다 해도 아마 절대로 인정하지 않았을 것이다. 그렇게 남자는 친구의 과부를 위로했고 여자의 눈물을 자신의 어깨로 받아주었고 함께 울었고 영원히 떠나간 사람을 함께 그리워했고 그러다가 정해진 수순처럼 함께 잠자리에 들었다. 행위를 마치고 난 뒤에 여자는 다시 한번 서러운 눈물을 터뜨렸고 남자는 친구의 과부를 껴안고 벗은 어깨를 어루만지며 또다시 가슴 저리게 비통한 쾌감을 즐겼다. 그것은 남자가 이전의 그 어떤 관계에서도 느껴보지 못한 깊은 만족감이었다. 남자는 친구를 잃었고 여자는 남편을 잃었다. 두 사람은 운명적이고 비극적인 사건의 주인공들이었으며 인간이 할 수 있는 모든 방법을 쓴다 해도 그 비극을 되돌이킬 수는 없었고 그러므로 비극을 헤쳐 나와 극복하고 삶을 이어가기 위해 두 주인공에게는 무엇이든 허용되었다. 물론 남자가 이렇게 명확한 언어로 자신의 만족감을 정의한 것은 아니었으나 대략 그 쾌감의 기반이 되는 사고방식은 그러하였다. 보통 취약한 입장에 처한 타인을 위로한다는 명분으로 이용하는 인간들이 이런 식으로 자신을 정당화한다.

그러나 시간은 지나가고 상처는 아물고 인간의 정서는 외부의 상황과 주변의 환경에 따라 변화하고 흘러가게 마련이다. 과부는 결혼한 지 얼마 지나지도 않아 젊은 나이에 자식도 없이 사별한 채 그대로 죽은 남편 친구의 정부로 평생을 보낼 생각은 당연히 추호도 없었다. 남자와의 관계를 모르는 과부의 부모도 친구들도 형제도 어쨌든 지난 슬픔에 너무 오래 매몰되지 말고 더 좋은 삶을 찾아 나아가기를 권했다. 죽은 남편의 가족들조차도 상황이 상황이고 시대도 변했으니 젊은 과부가 머지않아 새로운 사람과 새로운 생활을 찾아 떠나게 되리라 짐작하고 어느 정도는 체념하고 있었다.

과부를 놓아주려 하지 않은 단 한 사람은 남자뿐이었다. 남자는 여자의 벗은 몸을 안고 친구와의 추억을 한없이 이야기하는 것이 좋았다. 그러다가 다시는 함께할 수 없게 된 순간들, 너무 일찍 끊어져버린 친구의 삶을 애도하며 눈물을 쏟는 것도 좋았다. 그런 추억들, 그런 애도의 마음을 온전히 이해해줄 수 있는 사람은 세상에 친구의 과부 한 명뿐이라고 남자는 확신했다. 그 슬픔 안에 같이 있는 사람은 오로지 우리 둘뿐이라고 거듭거듭 확인하며 함께 눈물을 쏟고 그러다가 함께 비탄에 젖어 살을 섞는 그 과정에서 남자는 희귀하고도 무한한 충족감을 얻었다. 그러므로 남자는 실제로 일어난 비극의 진짜 주인공으로서 만끽하는 그 순간들을 포기하려 하지 않았다. 영원한 애도 안에 영원히 같은 방식으로 갇혀 영원히 같은 행동을 반복하는 것은 어떻게 보아도 건강하다고 할 수 없으며 그러한 침잠이 심해져서 현실의 생활에 지장을 가져오기 시작할 경우 정신과 전문의와 상담하는 것이 현명한 선택이다. 그러나 남자는 현명하거나 건강한 선택을 할 의향이 전혀 없었다. 상담과 치료의 궁극적 목적은 병적인 상태에서 벗어나는 것인데 남자는 자신의 병적인 상태에 무척 만족했을 뿐 아니라 그 상태를 한껏 즐기고 있었기 때문이다.

그러므로 과부가 남자에게 관계의 종료를 선언했을 때 남자는 처음에는 절망했고 그 뒤에는 격분했다. 살인 자체는, "왜 안 만나줘"가 결부된 모든 사건들이 대부분 그러하듯이 (혹은 그러하다고 수사 과정과 법정에서 우호적으로 결론 나듯이)

우발적이었다. "왜 안 만나줘"를 외치며 남자들은 자신의 소유라고 점찍은 여성의 집에 찾아가 흉기 난동을 벌이기도 하고(2021년 4월), 자신이 직접 만든 폭발물을 터뜨리기도 하고(2020년 10월) 혹은 피해 여성뿐 아니라 그 가족까지 살해하기도 한다(많다). "왜 안 만나줘"를 주장하는 남성의 여성 살해 역사는 유구하다.

그러므로 죽은 여자가 남자를 만나러 찾아오기 시작했을 때 남자가 반가워하지 않았다는 것은 조금은 이해할 수 없는 일이다. 죽어 있든 살아 있든 "왜 안 만나줘"에 대한 답변으로 여자가 만나러 와줬으면 응당 기뻐해야 할 일이다. 남자는 기겁했다.

집에는 남자 혼자뿐이었다. 남자의 아내는 친구가 죽은 뒤로 변해버린 남편의 잦은 외박과 늦은 귀가와 전반적인 무관심과 냉랭함에 점점 깊이 상처 입고 있었다. 그리고 마침내 어느 날 남편이 날이 새어 거의 새벽이 되었을 때 처음 보는 옷을 입고 돌아와서 지난밤에 어디에서 무엇을 했는가에 대한 대답으로 횡설수설하다가 맥락 없는 분노를 터뜨리자 더 이상 견디지 못하고 짐을 싸서 친정으로 돌아가버렸다. 남자의 아내가 이 시점에서 남자를 떠나 돌아오지 않았다면 본인을 위한 최선의 선택이었을 것이다. 그러나 그것은 나중의 이야기다.

어쨌든 남자는 집에 혼자 남아 술을 마시고 잠들었다가 한밤중에 갑자기 깨어났다. 잠들어 있었는데, 어느 순간 그냥 눈이 번쩍 떠졌다. 남자는 일어나서 거실로 나왔다. 그리고 거실 한가운데 서 있는 죽은 여자를 보았다. 죽은 여자는 그저 남자의 집 거실에 서 있을 뿐 아무것도 하지 않았다.

남자는 비명을 질렀다. 불을 켰다. 여자는 사라졌다. 거실은 텅 비어 있었다.

남자는 아내에게 전화했다. 지금이 몇 시인지 아느냐고 짜증 내는 아내에게 남자는 빌었다. 잘못했다고, 돌아와달라고, 앞으로 잘하겠다고, 남자는 아내가 듣고 싶어하리라 추정되는 모든 약속을 끄집어내어 온 힘을 다해 아내를 설득했다. 아내는 남편이 살인을 저질렀다는 사실도 살해된 피해자가 남편의 소원대로 만나러 왔다는 사실도 알지 못했으므로 한밤중에 걸려온 남편의 전화와 광란에 가까운 사과를 남편의 진심이라 생각하고 받아들였다. 받아들이지 않았다면 좋았을 것이다. 아내는 집으로 돌아왔다.

다음 날 밤에 남자는 또다시 갑자기 눈을 떴다. 옆에서는 아내가 곤히 자고 있었다. 핸드폰은 어젯밤과 같은 시각을 화면에 표시했다. 남자는 아내를 깨우지 않으려 조심하며 일어났다. 일어나고 싶지 않았지만 불길하고도 끈적끈적한 그 공포와 불안감을 떨쳐낼 방법이 달리 없었다. 남자는 거실로 나왔다. 거실에는 또다시 죽은 여자가 서 있었다. 아무것도 하지 않고 그저 남자를 향해 서 있을 뿐이었다. 남자는 거실 불을 켰다. 죽은 여자는 사라졌다. 남자는 방으로 들어와서 아내 곁에 누웠다. 그리고 오랫동안 잠들지 못했다.

다음 날도, 그다음 날도 남자는 한밤중에 갑자기 눈을 떴다. 그리고 잠든 아내를 깨우지 않으려 조심하며 거실로 나갔다. 죽은 여자의 모습이 보이면 남자는 눈을 질끈 감고 거실 불을 켰다. 여자의 모습을 보지 않고 거실 불부터 켜려고 했으나 소용없었다. 스위치로 시선을 돌리기 전에 남자는 언제나 죽은 여자의 어둡고 멍한 눈과 먼저 눈길이 마주치곤 했다. 그리고 남자는 스위치를 눌러 거실 불을 켰다. 그러면 여자는 사라졌고, 남자는 방으로 돌아와서 아내 옆에 누워 어두운 천장을 쳐다보곤 했다. 거실 불을 켜놓고 잠자리에 들어보았으나 밤에 깨어나면 집 안은 언제나 어두웠고 여자는 언제나 그 어둠 속에서 어둠보다 더욱 검은 눈으로 남자를 무의미하게 쳐다보았다. 남자는 죽은 여자의 얼굴을 생각할 때마다 설명하기 힘든 어떤 불안감이 마음속을 찌르는 것을 느꼈다. 그러나 그 불안감이 어디에서 기인하는지는 알지 못했고 그렇게 불안하게 뒤척이다가 남자는 마침내 잠들곤 했다.

그리고 아내가 말했다.

"꿈을 꿨는데…… 우리 집 거실에 어떤 여자가 서 있었어."

남자는 긴장했다.

"무슨 여자?"

"나도 몰라."

아내가 커피에 설탕을 넣으며 중얼거렸다.

"얼굴이 까매서 누군지 모르겠는데 하여간 우리 집 거실에 서 있었어. 그래서 누구시냐고, 누구신데 우리 집 거실에 있냐고 내가 그랬어."

아내는 말을 끊고 커피를 한 모금 마셨다.

남자는 기다렸다. 아내는 말없이 커피를 한 모금 더 마셨다.

"그래서?"

남자가 목소리에 배어 나오는 조급함을 감추려 애쓰며 물었다.

아내는 커피잔을 들여다보았다.

"여자가 뭐래?"

남자가 다시 물었다.

"몰라. 대답 안 했어."

"그냥 꿈이야."

남자가 말했다.

"별일 아닐 거야. 잊어버려."

아내는 커피잔을 들여다보았다.

"그게, 같은 꿈을 자꾸 계속 꾼단 말이야…… 그리고……."

아내가 말을 하려다가 멈추었다. 그리고 다시 천천히 말없이 커피를 한 모금 길게 마셨다.

"뭐?"

남자가 물었다. 이번에는 조급함을 감추지 않았다.

"여자가 점점 가까이 와."

아내가 커피잔을 바라보며 속삭였다.

"같은 꿈을 계속 꾸는데 꿈을 꿀 때마다 여자가 안방으로 자꾸 가까이 온다고."

"뭐?"

아침밥을 담은 남자의 숟가락이 허공에서 멈추었다.

아내가 다시 커피잔을 들어 길게 한 모금 마셨다. 그리고 잔을 식탁에 내려놓고 불안한 눈으로 남자를 쳐다보았다.

"방으로 들어오면 어떡하지?"

아내가 물었다. 그리고 덧붙였다.

"이 집에 뭐가 있나 봐……."

숟가락을 입으로 가져가서 음식을 입안에 구겨 넣고 씹으면서 남자는 밤마다 느꼈던 불안감의 원인을 빠르게 깨달았다. 여자를 죽였다는 사실이나 죽은 여자가 찾아온다는 사실보다도 남자는 죽은 여자가 거실에서 침실 쪽으로 점점 가까이 다가오고 있다는 사실이 더욱 불쾌했다. 그래서 남자는 죽은 여자의 집을 찾아갔다.

여자의 집은 그대로였다. 현관은 깨끗했고 우편함에도 아무것도 쌓여 있지 않았다. 문을 열고 들어가서 불을 켰을 때 남자는 마치 지금도 여자가 살고 있는 것처럼 집 안이 적당히 깔끔하고 적당히 지저분하고 밝은 것을 보고 내심 조금 놀랐다.

여자는 남자가 죽였을 때 모습 그대로 침대에 누워 있었다. 죽은 피부는 썩지 않은 채 여전히 부드럽고 희었고 죽은 머리카락은 검고 윤기가 흘렀으며 여자의 죽은 눈은 남자의 꿈속에서 보았던 모습처럼 검고 무의미한 시선을 멍하니 천장으로 향하고 있었다. 이름을 부르면 지금이라도 일어나 남자를 향해 마주 설 것 같았다. 단지 목에만 남자의 손자국이 선명하게 남아 여자의 죽음을 증언했다. 그리고 그런 여자의 시신 옆에는 여자가 기르던 고양이가 말없이 앉아서 녹색 눈으로 남자를 쳐다보고 있었다.

"뭐냐, 넌?"

고양이와 눈이 마주치자 남자는 안심했다. 그래서 남자는 일부러 큰 소리로 물었다.

"왜 여기 들어와 있어? 침대에 올라오면 안 된다고 했잖아?"

고양이는 죽은 여자가 결혼하기 전부터 함께 살다가 데리고 온 동물이었다. 죽은 여자는 고양이를 무척 귀여워했고 정성껏 돌보았다. 남자는 처음에 고양이를 좋아하지도 싫어하지도 않았다. 친구가 살아 있던 때에는 친구의 집에 방문하여 고양이를 쓰다듬거나 놀아주기도 했다. 그러나 친구의 아내가 과부가 되고 남자의 정부가 되었다가 시간이 지나면서 애도와 슬픔에서 회복하고 동시에 점차 불륜 관계에서 벗어나려 시도하자 남자는 여자가 고양이를 소중히 여기는 모습이 눈에 거슬리기 시작했다. 물론 남자는 자신이 고양이를 질투한다는 사실을 여자에게 들키고 싶지 않았으므로 아무 말도 하지 않았고 여자가 보는 앞에서는 고양이를 귀여워하는 척했다.

남자는 고양이를 쳐다보았다. 침대 위의 고양이도 죽은 여자의 시신 옆에 앉아 조용히 녹색 눈으로 남자를 쳐다보았다. 남자는 고양이가 움직이거나 방에서 뛰쳐나오지 않도록 천천히 뒷걸음질 쳐서 침실 밖으로 나와 고양이를 계속 응시하면서 침실 문을 닫았다.

돌아섰을 때 남자의 눈앞에는 죽은 여자가 있었다.

여자가 죽은 뒤로 이렇게 가까이에서 얼굴을 마주하고 쳐다본 적은 없었다. 남자는 움직일 수 없었다. 소리를 낼 수도 없었다. 죽은 여자의 검은 시선에 묶여 그대로 굳어버린 것 같았다.

죽은 여자가 입을 벌렸다.

— …… 마…….

남자는 대답하지 못했다. 얼어붙은 듯 서서 죽은 여자의 붉은 입과 검은 눈을 그저 들여다볼 뿐이었다.

— ……지 마…….

죽은 여자의 얼굴이 남자에게 더 가까이 다가왔다.

— 가지 마…….

죽은 여자가 속삭였다.

— 나랑 같이 죽어…….

여자가 말했다. 차가운 숨결이 남자의 목을 스쳤다. 남자는 눈을 감았다.

발목에 부드러운 것이 느껴졌다. 그것은 따뜻하고 폭신했으며 오른쪽 발목 옆을 지나 발등을 밟고 왼쪽으로 넘어갔다.

남자는 아래를 내려다보았다. 죽은 여자의 고양이가 초록색 눈으로 남자를 올려다보고 있었다.

남자는 앞을 쳐다보았다. 죽은 여자는 사라지고 없었다. 늦은 오후의 햇살만이 텅 빈 거실에 비쳐 들어올 뿐이었다.

남자는 도망쳐 나왔다. 고양이가 따라 나오지 못하도록, 문을 조금만 살짝 열고 아래를 주의 깊게 내려다보면서 밖으로 나온 뒤에 현관문을 꽉 닫는 것을 잊지 않았다.

결계를 치거나 주문을 외우거나 부적을 붙이라는 조언은 인터넷에서 잔뜩 찾아낼 수 있었으나 모두 쓸모없어 보였다. 남자는 실패의 위험을 무릅쓸 수 없었다. 단번에 성공해야 했다. 죽은 여자는 남자의 집을 찾아오는 것이 아니었다. 남자를 찾아오는 것이었다. 그러므로 죽은 여자가 찾아오지 못하게 해야 했다. 어째서 아직까지 발견되지 않았는지, 언제 발견될지는 알 수 없었으나 여자의 죽음이 발견될 때까지 밖으로 나오지 못하게 해야 했다.

'망자가 소중하게 여기던 것을 못이나 말뚝에 박아놓는다.'

잠 못 이루는 밤에 눈에 핏발을 벌겋게 세워가며 인터넷을 뒤진 끝에 남자가 발견한 그나마 쓸모 있어 보이는 조언은 이것이었다.

'망자의 무덤 혹은 망자가 죽은 장소에 못 박아두면 효과가 더 좋다.'

그리고 피라든가 소금이라든가 팥이라든가 부적에 대한 이야기가 여러 가지 더 붙어 있었지만 남자는 모두 무시했다. 이거라면 할 수 있을 것 같았다. 이거라면 어떻게든 될 것 같았다.

그래서 남자는 어느 날 늦은 저녁에 죽은 여자의 집에 다시 찾아갔다. 해가 지고 나서 정해진 (사실은 자신이 스스로 정한) 시간이 될 때까지 남자는 가르랑거리는 녹색 눈의 고양이를 품에 안고 거실에 앉아 있었다. 그리고 자신이 결정한 시간이 되자 남자는 망치로 고양이의 머리를 때려서 죽인 뒤에 침실로 들어가서 여자의 시신이 누워 있는 침대 머리맡 벽에 고양이의 시신을 못으로 박아 매달았다. 죽은 여자는 움직이지 않고 이전처럼 목에 남은 남자의 검붉은 손자국만 선명하게 빛내며 희고 부드럽고 무기력하게 침대에 누워 있었다. 침실 문을 닫고 나오려 할 때 남자는 여자의 죽은 몸이 고개를 돌려 자신을 언뜻 쳐다본 것 같다고 생각했지만 더 이상 길게 생각하지 않고 문을 닫았다.

거실에 죽은 여자는 나타나지 않았다. 남자는 시험 삼아 거실 불을 꺼보았다. 눈을 감고 셋을 세었다. 남자가 눈을 떴을 때도 죽은 여자는 여전히 나타나지 않았다.

남자는 만족했다. 화장실에 들어가서 피 묻은 손을 씻고 고양이를 죽인 망치도 씻은 뒤에 남자는 밖으로 나와서 이전처럼 조심스럽게 현관문을 꽉 닫고 여자의 죽음을 가두어둔 집을 떠났다. 그리고 다시는 돌아가지 않았다.

남자의 아내는 임신했다. 거실에는 더 이상 죽은 여자가 나타나지 않았다. 남자는 행복했다. 여자의 부패한 시신이 친구의 집에서 발견되었고 침대 머리맡에 못 박힌 고양이 사체 때문에 수사 당국은 원한 관계를 의심했으며 그래서 남자에게도 경찰이 찾아왔다. 그러나 그뿐이었다. 시간이 지나도 범인은 밝혀지지 않았고 남자는 쉽고 편하게 과거의 살인에 등을 돌리고 현재의 생활에 온 힘을 쏟았다.

아이는 남자를 닮은 아들이었다. 태어났을 때는 또래에 비해 덩치가 컸고 시간이 지나면서 남들보다 빠르지도 늦지도 않게 옹알이를 하고 엄마와 아빠를 부르고 걸음마를 떼었다. 아이가 걷고 웃는 모습을 보며 아내는 둘째를 가지면 어떨지 조심스럽게 제안했고 남자는 좀 더 좋은 직장으로 옮기면, 연봉을 좀 더 올리면, 좀 더 안정적인 삶을 구축할 수 있게 되면 둘째를 갖자고 약속했다. 그 약속은 진심이었고 남자는 헌

실적으로 건조하게 계산해도 약속을 지킬 날이 손에 잡힐 듯 가까이에 있다고 믿었다.

아이는 본래 어린 존재가 모두 성장하면서 겪는 일들을 평범하게 겪었다. 잔병을 좀 앓기도 하고 어처구니없는 말썽을 부리기도 하고 부모에게 기쁨과 즐거움을 안겨주기도 하면서 아이는 무럭무럭 자라났다. 그리고 아이가 자랄수록 아이의 목 옆쪽에 빨간 얼룩 같은 반점이 차츰 커지고 차츰 선명해졌다. 남자는 처음에 벌레 물린 자국이라 생각해서 대수롭지 않게 여겼으나 남자의 아내는 무척 신경 쓰고 걱정했다. 반점은 부어오르지 않았고 아이가 반점을 긁지도 않으니 벌레 물린 자국은 아니었다. 남자가 어느 날 아이를 안고 목을 들여다보다 아내에게 그렇게 말하자 아내는 다음 날 당장 아이를 병원에 데려갔다. 의사는 아이의 목을 자세히 들여다본 뒤에 그냥 반점이니 크면서 없어질 거라고 느긋하게 말했다. 아이 엄마가 불안해하며 반점이 없어지지 않으면 어떻게 하냐고 재차 묻자 의사는 남자아이인데 몸에 점이 좀 있으면 어떠냐고 역시 느긋하게 대답했다. 반점이 부풀어 오르거나 멍울처럼 뭉쳐 단단해지거나 아이가 그 부위를 아파하기 시작하면 병원에 다시 오라고 의사는 덧붙였다. 빨간 반점 문제가 그렇게 일단락되었다고 아내가 말했을 때 남자는 별달리

신경 쓰지 않고 그럼 아무 일 없다는 거네, 하고 흘려버렸다.

그리고 아이가 말했다.

"고양이."

"고양이 갖고 싶어?"

남자가 웃었다.

"털 빠진다고 엄마가 싫어할걸."

"고양이."

아이가 다시 주장했다.

"고양이가 좋아?"

남자가 조금 더 진지하게 대답했다.

"엄마한테 물어볼까?"

"고양이."

아이가 고개를 저었다.

"엄마한테 말하지 마?"

남자가 물었다. 아이가 남자를 올려다보았다.

"고양이는 왜 죽였어?"

아이가 물었다.

"고양이는 아무 짓도 안 했는데."

아이가 종알거렸다. 남자는 아이를 가만히 내려다보았다. 천진하게 자신을 쳐다보는 아이의 기다랗고 투명한 갈색 눈

동자를 들여다보았다. 아이는 대답을 재촉하듯 더 이상 아무 말도 하지 않고 물끄러미 남자를 바라보고 있었다. 남자는 대답하지 않고 아이에게서 물러섰다.

아내가 남자와 아이를 불렀다. 아이는 웃으며 엄마에게 달려갔다. 남자는 그대로 서 있었다. 발목을 감싸며 비벼대던 고양이의 마지막 감촉이 떠올랐다.

— 가지 마.

이미 잊었다고 생각했던 죽은 여자의 목소리가 머릿속 멀고 깊은 구석에서 살그머니 몸을 일으켰다.

— 나랑 같이 죽어…….

아내가 다시 부르러 올 때까지 남자는 무기력하게 몸을 떨며 제자리에 굳은 듯이 서 있었다. 여자가 돌아왔다고 남자는 생각했다. 여자가 돌아왔다. 그렇다면 결정을 내려야만 했다. 그러나 어떤 결정을 어떻게 해야 할지 남자는 알 수 없었다.

남자는 죽은 여자의 무덤에 찾아가야만 하겠다는 결론을 내렸다. 무덤에 찾아가서 여자의 시신에 말뚝을 박아야만 죽은 여자가 아이에게 깃들지 못하고 다시는 자신을 쫓아오지 못하게 되리라고 남자는 믿었다. 그래서 남자는 오랜만에 친구의 무덤에 찾아갔다. 그러나 죽은 여자는 먼저 간 남편과 같은 무덤에 묻히지 않았다. 친구의 무덤에는 봉분이 하나였고 오래전에 익숙하게 보았던 친구의 비석만이 서 있을 뿐이었다.

남자는 친구의 부모에게 전화를 걸었다. 친구의 부모는 처음에는 반가워했으나 난데없이 죽은 아들의 죽은 아내의 무덤을 묻는 남자의 질문에 당황했다. 죽은 여자의 부모가 딸을 사위의 무덤에 합장하는 것을 결사반대했다는 사실을 남자는 친구의 부모에게서 전해 들었다. 죽은 여자의 부모는 사위가 병으로 먼저 간 것은 어쩔 수 없으나 그 뒤에 멀쩡하던 딸이 살해당하고 범인도 잡히지 않았다는 사실에 분노하며 친구의 부모를 비난했다. 친구의 부모는 자식 잃은 심정을 이해하여 비합리적인 질타에 마주 대응하기를 원치 않았으므로 죽은 딸을 데려가겠다는 사돈댁의 주장에 반대하지 않았다. 죽은 여자의 부모는 장례식에 전 사돈 집안을 부르지도 않았다. 그러므로 친구의 부모는 죽은 며느리의 무덤이 어디에 있는지 알지 못했다. 전 사돈댁에 연락해서 죽은 여자의 무덤을 알아봐달라는 남자의 요구에 친구의 부모는 곤란해하다가 전화를 끊었다. 그리고 다시 전화해도 받지 않았다. 가장 확실한, 혹은 확실할 것이라 믿었던 정보 출처를 잃은 남자는 죽은 여자에 대해 소금이라도 알 것이라 추측되는 주변 사람들에게 계속 이리저리 연락해보았다. 그러나 죽은 친구의 죽은 아내의 무덤 위치를 묻는 남자의 질문에 다들 곤란해할 뿐 정확한 답변을 주는 사람은 아무도 없었다. 그다지 친하지 않았던 동창에게 전화했다가 죽은 여자와의 관계를 묻는 질문을 받고 남자는 그제야 당황해서 전화를 끊었다. 공소시효가 아직 다 지나지 않았다. 남자는 깨달았다. 그래서 남자는 죽은 여자의 무덤을 찾는 작업을 그만두었다.

그리고 얼마 지나지 않아 아이가 죽었다. 사고사로 결론이 났다. 남자의 아내는 절망에 빠졌다. 남자의 탓으로 아이가 죽었다고 확신하고 아내는 남자에게 소송을 걸었다. 아내의 가족들이 지원했다. 남자는 부정했으나 소용없었다. 재판은 불쾌하고 지저분한 과정이었고 시간이 오래 걸렸으며 대단히 비쌌다. 모든 것이 끝났을 때 남자에게는 아내도 집도 가족도 생활도, 아무것도 남지 않았다.

아이를 죽여야겠다고 남자가 명확하게 결심한 것은 아니었다. 자기 자식인데 그렇게까지 할 정도로 남자는 비인간적이지 못했다. 자신이 아이를 죽였는지 아이가 정말 사고로 죽었는지는 남자 자신도 확실히 말할 수 없었다. 한순간이었다. 남자는 그냥 한순간, 아이가 죽지 않도록 충실히 돌보지 않았을 뿐이었다. 한순간 눈을 돌렸을 뿐이었다. 겉으로 보기에는 그랬다.

아동 안전사고 사망 원인 1위는 교통사고다. 아이는 한창 뛰어다니고 산만하고 활달할 나이였고 사고는 언제 어디서든 날 수 있었다. 남자의 집 근처에는 동네 사람들 거의 모두 아무렇지 않게 무단횡단을 하는 횡단보도가 있었다. 신호등이 분명히 있었지만 큰길에서 갈라져 나와 좁은 뒷길로 들어서는 진입로였기 때문에 그 골목에 사는 사람들이 출퇴근하는 시간만 제외하면 차량 통행이 많지 않았다. 그리고 차들이 우회전해 들어와야 했으므로 대부분 속도를 줄이고 운행했다. 동네 사람들은 차도 별로 안 다니는 길에 서서 빨간불이 녹색으로 바뀌기를 기다리다가 짜증을 내며 그냥 건너버리곤 했다. 어른들이 빨간불에 건너면 청소년들도 건넜고, 청소년들이 건너는 걸 보면 어린이들도 빨간불에 길을 건넜다. 남자도 아내도 몇 번이나 아이가 빨간불에 도로로 뛰쳐나가려는 걸 붙잡았다. 그러다가 한 번, 단 한 번 남자는 아이를 붙잡아야 하는 순간에 고개를 돌려 다른 곳을 보았다. 고개를 돌리기 전에 왼쪽에서 택시가 속도를 줄이지 않은 채로 돌진하는 모습을 남자는 보긴 보았지만 속도를 줄일 거라고 생각했다. 혹은 택시가 속도를 줄일 것이라 혼자서 믿고 싶었는지도 모른다. 이제 와서는 남자 자신도 알 수 없었다. 아이는 차로에 뛰어들었고 택시는 속도를 줄이지 않았다.

장례를 치르면서, 오열하는 아내의 통곡을 들으면서 남자는 죽은 여자가 어떻게 돌아올 수 있었는지 계속 생각했다. 소중히 여기던 것을 못 박아두는 방법은 시간이 지나면 효과가 사라지는지도 모른다. 혹은 인터넷에 떠도는 그런 방법은 애초에 아무 효과가 없는지도 모른다. 남자는 알 수 없었다. 아내가 직장에서 늦게 퇴근한 날 남자는 아내 대신 아이를 씻겨 침대에 눕혔고 아이는 남자를 바라보고 방긋 웃었다. 그리고 말했다.

"고양이."

남자는 흠칫 놀랐다.

"지금은 늦어서 고양이 없어. 고양이 다 자러 갔어."

남자가 말했다. 의도했던 것보다 말투도 목소리도 거칠게 흘러나왔다.

아이는 상관하지 않았다. 방긋 웃으며 다시 말했다.

"고양이."

"고양이 없다니까!"

남자가 짜증을 냈다. 아이가 물었다.

"고양이는 왜 죽였어, 아빠?"

남자는 대답하지 못했다. 아이의 침대 위로 몸을 숙인 채 그대로 굳어버려 아이의 천진한 얼굴을 들여다볼 뿐이었다.

"고양이는 아무 짓도 하지 않았는데."

아이가 중얼거렸다. 그리고 하품을 했다.

"잘 자, 아빠."

아이가 말했다. 그리고 옆으로 돌아누웠다. 아이의 하얀 목에 선명하게 돋아난 빨간 반점이 남자의 눈에 들어왔다. 남자는 침대에 누워 있던 여자의 시신을 떠올렸다. 죽은 지 몇 주가 지나도 변하지 않았던 희고 부드러운 피부, 검고 윤기 나는 머리카락, 그리고 자신의 손가락이 여자의 목에 남긴 검붉은 자국이 유일하게 여자의 죽음을 증언해주던 그날 그 집 안, 그 침실의 광경을 마치 어제 일처럼 기억해냈다.

그러므로 남자가 아동 사망 원인 순위를 검색해본 것은 우연이 아니었을지도 모른다. 남자에게는 아내보다도, 자신의 피를 이어받은 자식보다도 자기 자신이, 자신의 불안과 두려움이 가장 중요했기 때문이다. 불행히도 남자 외에도 자기 아이를 죽이거나 죽이지 않은 많은 사람들이 부모가 되고 나서도 오랫동안 이러한 태도를 유지한다. 부모와 자식의 관계에 대해서 사회가, 세상이 더 분명하게 인식해야 하는 것은 무조건적이고 무한하다고 하는 미화되고 신화화된 사랑보다도 이러한 이기적이고 자기중심적인 인간의 본성적 태도일 것이다. 그러나 죽은 아이는 말이 없었고 남자는 장례가 끝나고 아내가 떠난 후 오랫동안 밤이 되면 거실로 나가서 불을 켰다가 끄고, 또 켰다가 다시 끄곤 했다.

죽은 여자는 나타나지 않았다. 죽은 여자가 나타나지 않았기 때문에 남자의 두려움은 시간이 지날수록 커졌다. 남자는 또다시 주변 사람들에게 집요하게 연락해서 죽은 여자의 무덤에 대해 묻기 시작했다. 이 과정에서 남자와 교류를 유지하던 사람들이 대부분 연락을 끊었다. 남자가 커다란 쇠못을 들고 친구의 무덤에 찾아가 봉분을 파헤치다가 공원묘지 관리인에게 신고당해 경찰에 연행된 사건 이후로 남자의 나머지 지인들도 남자와 연락을 끊었다. 그리고 남자는 어느 깊고 검은 밤에 집 안의 불을 모두 켜놓고 밖으로 나가서 다시는 돌아오지 않았다.

— 기다려봐. 이제 나온다.

달이 진다. 골목에 어둠이 깔린다. 가로등은 이미 깨져서 거미줄에 덮인 지 오래다.

창문에 그림자가 비친다. 더러운 창문과 깨진 유리 사이로 검은 얼룩처럼 보이는 것이 불분명하게 움직인다. 그러다가 무너져가는 집 안에 불이 환하게 켜진다. 그림자는 두 개가 되었다가, 세 개로 늘어났다가, 다시 두 개인 것으로 보이기도 한다. 남자는 자신의 두려움과 고통 속에 갇혀 떠돌다가 이 마지막 집에 정착하여 다시는 나갈 수 없게 되었다. 순간을 붙잡아두려는 인간의 시도는 이토록 어리석다. 그러나 남자는 여자와 영원한 비탄 속에 함께 존재하기를 원했으므로 어찌 보면 남자의 소원이 이루어졌다고 할 수도 있다. 죽은 남자는 죽음 속에서도 자신이 살해한 여자와 함께 있는 것을 두려워하여 불을 켠다. 더러운 창문과 깨진 유리 사이로 환한 불빛 속에 그림자 두 개가 보인다. 그림자가 움직이려는 순간 불이 꺼진다. 죽은 남자가 다시 불을 켠다. 깨진 유리 위로 조그만 머리의 그림자가 나타난다. 다시 불이 꺼진다. 죽은 남자가 다시 불을 켠다. 그림자 두 개가 나타나고, 한 그림자가 다른 그림자를 향해 다가간다. 두 개의 그림자가 맞닿는 순간 다시 불이 꺼진다.

— 여자는 오래전에 떠났어.

나는 남자의 시체를 삼킨 버려진 집과 그 안에 나타나는 그림자를 지켜본다. 죽은 남자의 죄책감이 불을 켜고 죽은 여자의 이미 존재하지 않는 그림자를 불러낸다. 죽은 여자 앞에 마주 선 죽은 남자의 공포와 불안이 불을 끈다. 그리고 죽은 남자의 죄책감과 공포가 어둠을 거부하여 다시 아무도 없는 집 안에 불이 켜진다. 죽은 남자의 죄책감이 죽은 아이를 불러내고, 죽은 남자는 다시 공포와 불안 속에 불을 끈다. 죽은 남자에게 남은 것은 이게 전부다. 공포와 불안, 공포와 죄책감 속에, 불이 켜지고, 불이 꺼진다.

— 그런데 나를 왜 죽였을까?

목에 못이 박힌 고양이가 녹색 눈을 들어 나에게 묻는다.

— 나를 그렇게 싫어했던 것도 아니고, 나는 아무 짓도 하지 않았는데.

자기 자신이 만들어낸 자기 자신의 그림자를 떼어버리려 애쓰는 인간의 한심하고도 폭력적인 시도를 설명할 적절한 방법을 알지 못하여 나는 대답 대신 묻는다.

"못을 뽑아줄까?"

— 괜찮아.

녹색 눈의 고양이가 말한다.

— 이제는 아프지 않아.

그리고 녹색 눈의 고양이는 내 발목에 감겨들며 몸을 비빈다. 죽은 고양이의 감촉은 차갑고 축축하고 보드랍고 애틋하다. 남자는 죽은 여자가 아닌 고양이가 돌아오리라는 것을 알지 못했다.

— 사람들은 잘 모르더군.

인간이 볼 수 있고 들을 수 있고 손에 잡을 수 있는 것은 아주 한정적이다. 그러므로 인간은 본래 세상을 잘 알지 못한다. 세상일이 돌고 돈다고 말은 하지만, 무엇이 돌고 어떻게 돌아오는지 인간은 종종 짐작조차 하지 못하는 것이다.

"나랑 같이 갈래?"

나는 몸을 숙여 녹색 눈의 죽은 고양이를 쓰다듬는다.

"네가 안전하게 지낼 수 있는 곳을 알고 있어."

고양이가 대답 대신 내 손가락을 핥는다. 고양이의 혀는 부드럽고 까슬까슬하다. 나는 고양이의 차가운 머리와 축축한 털을 손가락으로 부드럽게 만지면서 동이 트기를 기다린다. 가장 연약한 존재에게 그렇게 해서 조금이라도 위안이 되기를 바라면서.

햇볕 찌는 날

한 달에 한 번 정도 나는 낮에 연구소에 출근한다. 햇볕 쬐는 날이다. 연구실 안에 보관되어 있던 물건들을 한낮에 마당에 꺼내어 햇빛과 바깥공기에 노출시킨다. 대부분의 경우 그렇게 해야 물건에 붙어 있던 존재들이 더 빨리 해방되기 때문이라고 선배가 설명해주었다. 보안경과 마스크를 쓰고 장갑을 낀 연구원들이 전자기기를 들고 다니며 자신이 담당한 품목의 입소 일자와 상태를 다시 확인하고 특이사항을 꼼꼼히 입력하고 사진을 찍는다. 매달 찍은 사진을 보면 물건에 변동이 있는지, 없다면 얼마나 오랫동안 변동이 없는지, 변동이 생겼다면 어떤 변화가 일어났는지 추적할 수 있다. 마당에 줄지어 질서정연하게 놓여 있는 무작위한 여러 가지 물건들을 보면서 나는 언제나 유실물 센터 같다고 생각한다. 나는 어떤 유실물을 남기고 떠날지 궁금해지기도 한다.

"뭘 남길 생각하지 말고 그냥 떠나는 게 최고예요."

선배가 단호하게 말했다. 나도 동의한다. 그러나 그게 언제나 마음대로 되지는 않는다. 모두가 깨끗하게 떠날 수 있었다면 이 연구소는 애초에 존재하지 않았을 것이다.

매번 언제나 모든 물건을 다 꺼내지는 않는다. 꽃이 핀 나뭇가지와 푸른 새가 수놓인 손수건은 302호에서 그냥 조용히 지낸다. 새가 화를 내거나 나무와 꽃에서 곰팡이 냄새가 흘러나오기 시작하면 그때는 연구원들이 미리 특별한 조치를 취한 뒤에 달빛 아래 내놓는다. 처음에 그런 걸 잘 몰랐을 때 다른 물건들과 함께 한낮의 태양 아래 내놓았더니 나뭇가지의 빨갛고 노란 꽃이 불길을 뿜으며 부풀어 올라 사방의 공기를 뜨겁게 태우고 녹색 부리의 푸른 새가 지평선까지 날개를 펼치고 사람처럼 큰 소리로 웃으며 날아올라 어딘지 모를 곳으로 도망치려 했다고 담당 연구원들이 이야기해주었다. 불타는 붉은 꽃은 너무 뜨거워서 잡을 수 없었고 새는 연구원들이 다가가면 거대한 부리로 위협하며 하늘까지 뒤덮는 강력한 날개를 휘둘렀다. 담당 연구원이 급한 김에 깔개로 사용하던 은박 방수 천을 들어 햇빛을 가렸다. 그러자 타오르던 꽃과 날아오르던 새는 작아지기 시작했다. 연구원들은 은박 방수 천으로 손수건을 감싸 다시 연구실로 조심스럽게 옮겼다. 그 뒤로 손수건은 절대로 낮의 햇빛 아래 내놓지 않았다. 손수건의 푸른 새뿐만이 아니라 제때 떠나지 않고 너무 오래 지낸 존재들은 그렇게 되는 수가 있다고 부소장님이 말했다.

"전세 계약 같은 건가요?"

내가 물었다. 왜 그렇게 물었는지는 나도 모른다. 부소장님이 웃었다.

"그러게. 그 새는 뭘 돌려받고 싶어서 계약 기간이 끝났는데도 못 가는 걸까?"

부소장님이 말했다.

"연구원 선생님들이 알아내시겠죠."

내가 추측했다. 부소장님이 동의했다.

순찰을 돌 때면 자주 푸드덕거리며 빽빽 울던 새는 302호의 오래된 푸른 새가 아니라 103호 갈매기였다. 담당 연구원이 갈매기 박제를 마당에 꺼내놓아서 알게 되었다. 박제를 좋아하는 사람이 별다른 이유 없이 그저 갈매기 박제를 집 안에 장식하고 싶어서 만들었다고 담당 연구원이 이야기했다. 그런데 밤이 되면 푸드덕거리는 소리가 나기 시작했다고 한다. 그리고 얼마 뒤에는 갈매기가 끼익끼익 울어대며 냉장고와 쓰레기통을 공격했다. 갈매기가 연구소로 오게 된 결정적인 이유는 박제를 장식해둔 거실을 새똥투성이로 만들었기 때문이었다. 갈매기다운 복수다. 자유롭게 날아다니다가 붙잡혀서 박제가 되었다면 나라도 억울해서 매일 밤 단단히 굳은 날개를 슬퍼하며 울었을 것이다.

담당 연구원은 수시로 새똥을 치우는 작업이 별로 마음에 들지 않았던 것 같다. 다행히 갈매기는 이제 떠났다. 담당 연구원은 이번이 마지막이라고 했다. 환하고 뜨거운 한낮의 태양 아래 갈매기는 지쳐 보였고 유리 눈은 초췌했다. 연구원이 박제 앞에 향을 피웠다. 갈매기가 떠난 텅 빈 박제는 해가 지고 나면 소중하게 포장되어 연구소 창고로 이동한다. 103호에는 새로운 물건이 입소해서 떠나는 날까지 보살핌을 받게 될 것이다.

나의 고양이도 언젠가는 떠나보내야 할 것이다. 부소장님은 고양이를 데려온 다음 날부터 나에게 경고했다. 순찰할 때 자꾸 문을 열어주고 계속 그렇게 같이 다니면 고양이가 빨리 떠날 수 없다는 것이다. 불쌍한 고양이가 살아 있을 때 사람 때문에 고생했는데 죽어서도 사람한테 붙잡혀 있는 게 옳은 일이냐고 부소장님은 나를 야단친다. 부소장님의 잔소리를 들으며 나는 갈색 털의 고양이가 하늘을 뒤덮을 듯 커져서 녹색 눈을 타오르는 불꽃처럼 번쩍이고 갈색 털이 복슬복슬한 앞발을 휘두르며 야옹야옹 웃는 광경을 상상한다. 고양이는 언제나 어딘지 모를 곳으로 도망치려고 하는 동물이다. 연구원들이 은박 방수 천으로 감싸려 하면 고양이는 그 천 사이로 물이 흘러나가듯 스르륵 빠져나갈 것이다. 고양이는 이미 조금씩 투명해지고 희미해지고 내 손가락 사이로 물이 흐르듯 스르륵 사라져간다. 목에 박힌 커다란 못만 점점 더 차갑고 딱딱하고 불길하게 단단해지고 있다. 언젠가 고양이가 떠나고 나면 이 흉한 살해 도구가 마지막으로 한낮의 햇볕을 쪼이게 될 것이다. 그런 상상은 마음에 들지 않는다.

그러나 지금 고양이는 햇빛 아래 느긋하게 온기를 즐기고 있다. 그 옆에는 부소장님의 양이 있다. 털 동물들은 친하게 잘 지낸다. 햇볕 쬐는 날에 함께 밖에 나오면 고양이가 따뜻한 햇살을 받으며 양을 핥아준다. 햇볕을 쪼이며 앉아 있는 양의 등에 고양이가 기어 올라가 행복하게 낮잠을 자기도 한다. 양의 상처는 점점 사라지고 털을 깎았던 곳도 조금씩 새 털로 하얗고 폭신하게 덮여간다. 지난번에 동영상 촬영하려고 위장 취업했던 사람이 몰래 가져갔다가 돌아왔을 때 양은 여기저기 털도 많이 빠지고 상처가 늘어났다고 부소장님이 말했다. 내가 고양이를 걱정하듯 부소장님도 양을 걱정한다. 그러나 부소장님의 양은 나의 고양이보다 더 크고 더 강하고 한 마리처럼 보이지만 사실은 숫자가 많다. 햇볕을 여러 번 쪼이더라도 모두 다 쉽게 떠나지 못할 것이다.

햇볕 쬐는 날이 언제나 폭신하고 느긋한 것은 아니다. 쇠로 된 물건, 날카로운 물건은 언제나 조심해야 한다. 멀리서 날붙이에 햇빛이 반사되어 반짝이는 모습을 보았을 뿐인데 목과 얼굴을 베여 상처가 난 적이 있다. 살짝 베이긴 했지만 목에서 피가 흘렀을 때는 무서웠다.

내가 모르는 새로운 물건을 햇볕 쬐는 날에 만나기도 한다. 이번 햇볕 쬐는 날에는 마당 한쪽을 치워 자리를 넓게 마련한 뒤에 연구원 여러 명이 끙끙거리며 대단히 힘들게 어떤 물건을 가지고 나왔다. 들고 온다기보다 거의 질질 끌고 나와서 연구원들은 마당 구석에 무겁게 물건을 내려놓았다. 그것은 감색 정장 재킷이었다. 겉보기에는 그저 평범하게 생겼다. 그러나 이 연구소의 어떤 물건도, 이 연구소 자체도 평범하지 않다. 연구원들은 재킷이 최대한 골고루 햇볕을 쪼일 수 있도록 소매와 옷깃을 넓게 펼쳐놓았다.

햇볕을 쪼이자 재킷에서 연기가 나기 시작했다. 따갑고 날카롭고 숨 막히는 탄내가 풍겨 왔다. 선배가 옆에서 나를 끌어당겼다.

"가까이 가지 않는 게 좋아요."

선배가 소근소근 말했다.

"뭐가 나올 것 같아요."

"뭐가 나와요?"

내가 멍청하게 되물었다. 선배는 대답하지 않았다. 고개를 들고 선배는 견디기 어려운 위협적인 탄내가 풍겨 오는 쪽을 바라보며 냄새를 맡았다.

"방향이 북서쪽이에요."

선배가 속삭였다.

그리고 우리가 지켜보는 앞에서 재킷이 들썩거리기 시작했다. 연구원들이 한 걸음 물러났다.

"재킷이 움직여요."

내가 속삭였다. 선배도 내 팔을 잡고 함께 뒤로 물러섰다.

재킷에서 구슬 같은 빛나는 동그란 물건들이 굴러 나오기 시작했다. 연구소 마당으로 흘러나온 구슬들은 햇빛 아래 아른아른 반짝였다. 그 광경은 마술처럼 아름다웠다. 나는 나도 모르게 구슬을 향해서 다가가려 했다. 선배가 내 팔을 꽉 붙잡았다.

재킷에서 구슬이 계속 굴러 나왔다. 구슬은 연구소 마당을 가득 채우고 햇빛을 받으며 재킷이 그랬듯이 연기를 내뿜기 시작했다. 시큼하고 들척지근하고 불길한 냄새가 연구소 마당에 피어올랐다. 나는 연구원들이 마스크를 쓰고 장갑을 끼는 이유를 이해했다. 나도 마스크를 가져왔으면 좋았을 것이라고 뒤늦게 후회했다. 재킷은 구슬을 계속 굴려 보냈고 빛나는 구슬은 연구소 마당에서 악취를 풍기며 햇빛 아래 타서 녹아버렸다. 재킷에서 더 이상 구슬이 나오지 않게 되자 연구원들이 사진을 찍은 뒤에 소금을 가져와서 구슬이 타버린 자리에 골고루 뿌렸다.

"끝난 거예요?"

내가 물었다.

"좀 더 기다려봐요."

선배가 말했다.

"끝나면 연구원 선생님들이 끝났다고 알려줄 거예요."

선배가 이렇게 말했을 때 재킷이 다시 움직이기 시작했다. 소금을 뿌리던 연구원들이 물러섰다.

재킷에서 유리 조각이 뿜어져 나왔다. 가장 가까이 서 있던 연구원이 놀라서 펄쩍 뛰어 물러서며 고함을 질렀다. 나도 그 서슬에 깜짝 놀라서 도망치려 했다.

선배는 움직이지 않았다. 내 팔을 꽉 붙잡고 나를 반대쪽으로 돌려세웠다.

"방향이 북서쪽이에요."

선배가 말했다.

"해가 있는 쪽으로는 못 와요."

나는 선배의 말에 따라 햇볕이 내리쬐는 쪽을 쳐다보았다. 등과 목덜미에 머리와 다리에 단단한 조각들이 여러 개 부딪치는 것이 느껴졌다. 그러나 햇빛에 비친 날붙이와는 달리 재킷에서 튀어나온 유리 조각들은 내 옷을 뚫거나 몸에 상처를 내지 않았다. 나는 뒤를 돌아보았다. 유리 조각처럼 보였던 어떤 물건들은 사람의 몸에 부딪히면 녹아서 사라졌다. 연구원들이 침착하게 재킷의 방향을 돌려 햇빛을 더 잘 받는 쪽으로 옮겨놓았다. 지금은 재킷이 처음에 연구소에서 끌고 나왔을 때처럼 그렇게 무겁지 않은 것 같았다.

고양이가 양 뒤에 숨어 있다가 머리를 내밀었다. 고양이는 양이 있는 쪽으로 튀어나온 유리 조각을 발로 건드렸다. 고양이 발아래서 유리 조각은 녹지 않았다.

"그거 만지지 마."

내가 고양이에게 말했다. 선배가 여전히 내 팔을 꽉 잡고 있었다. 나는 선배에게 말했다.

"가서 유리 조각 치우고 올게요."

"그거 만지지 마요."

내가 고양이에게 했던 말을 선배가 나에게 똑같이 했다.

나는 고양이와 양에게 다가갔다. 양 주변에도 양털 위에도 유리 조각이 붙어 있었다. 양은 아무렇지 않은 듯 멍한 눈으로 느긋하게 나를 바라보며 턱을 움직여 되새김질을 했다. 고양이는 여전히 유리 조각을 발로 이리저리 굴려보려 하고 있었다. 장갑이 없었으므로 나는 옷소매를 당겨 손을 가렸다. 우선 양털에 붙은 유리 조각부터 살살 건드려서 치웠다. 내 옷소매가 닿으면 유리 조각처럼 보이는 물체는 쉽게 녹았다. 고양이는 장난감이 녹아 사라져서 실망한 것 같았다.

"미안해. 그렇지만 저건 좋지 않아."

내가 달랬다. 그리고 고양이 머리를 쓰다듬어주었다. 고양이는 내키지 않지만 용서해준다는 듯 내 손바닥에 머리를 비볐다. 내 손에서 유리 조각이 녹아버렸듯이 고양이 머리도 안타깝고 희미하게 녹아가고 있었다.

햇볕 쬐는 날은 그렇게 끝났다. 냄새 고약한 반짝이는 구슬과 유리 조각 같은 투명하고 날카로운 원념을 전부 뱉어낸 재킷은 평범하게 가벼워졌다. 연구원들이 재킷 주변에 둘러서서 사진을 찍고 일어난 일들을 전자기기에 기록했다.

"아마 사고가 났던 것 같아요."

연구원들이 재킷을 조심스럽게 개어 연구소 안으로 가지고 들어간 뒤에 마당에 소금을 뿌리며 선배가 말했다.

"불이 나서 빠져나오려고 했는데, 나오는 길을 못 찾아서 뛰어내렸나 봐요."

"그런 게 보여요?"

내가 감탄했다. 선배가 어이없다는 듯 웃었다.

"보이긴 뭐가 보여요? 여기서 일하다 보면 대충 짐작할 수 있게 돼요."

나는 조금 창피해졌다. 그렇지만 여전히 궁금했으므로 나는 물었다.

"북서쪽은 뭐예요? 왜 해가 있는 쪽으로는 못 와요?"

"생명 없는 존재들이 북서쪽으로 다닌다는 얘기가 있어요."

선배가 설명했다.

"갑자기 공기의 흐름이 바뀌면 우선 동남쪽으로, 어딘지 잘 모르겠으면 밝은 쪽으로 가면 돼요."

해가 지고 있었다. 우리는 마당 구석구석까지 주의 깊게 소금을 뿌렸다. 부소장님이 향을 피웠다.

그리고 우리는 생명 없는 존재가 밝은 세상에서 고통받지 않도록 보호하는 업무로 돌아갔다.

작가의 말

귀신 이야기의 즐거움에 관하여

글을 쓰다 막히면 어떻게 하느냐는 질문을 자주 받는다. 내가 익힌 요령은 몇 가지가 있는데 우선은 글이 왜 막혔는지 생각해보는 것이다. 주제나 소재에 대해서 잘 몰라서 할 말이 없는 경우에는 공부를 하면 된다. 몸이 피곤하거나 배가 고프거나 어딘가 아플 경우에는 밥을 먹고 물을 마시고(물 제때 마시는 것도 매우 중요하다) 병원에 가거나 약을 먹고 쉰다. 그런데 쉬고 밥도 먹고 물도 마시고 공부도 했는데 아무래도 글이 나오지 않을 때 최후의 방책으로 나는 귀신 얘기를 쓴다. 나는 귀신 얘기를 아주 좋아한다. 듣거나 읽는 것도 좋아하고 쓰는 것도 좋아한다. 어디서 귀신이 나오면 제일 무서울지 궁리하다 보면 어떻게든 글이 풀린다.

이러한 측면에서 볼 때 《한밤의 시간표》는 나에게 계약이나 마감의 굴레가 딸려 오는 일거리가 아니라 놀이동산 같은 작업이었다. 귀신 얘기를 마음껏 책 한 권 분량으로 만들어낼 수 있다니! 쓰면서 정말 재미있었다.

들어가시면 안 됩니다

귀신 얘기를 좋아하기 때문에 나는 인터넷 괴담이나 방송의 괴담 프로그램 등도 열심히 찾아 보는 편이다. SNS의 발달과 함께 흉가체험 같은 게 유행하는 모양인데, 제발 그런 거 하지 말아주셨으면 좋겠다. 〈여기 들어오시면 안 됩니다〉와 〈저주 양〉은 제목부터 내용까지 그런 열망을 담아서 썼다. 《한밤의 시간표》에 나오는 연구소는 실제로 존재하지 않지만, 폐병원이나 폐공장, 흉가로 알려진 폐가 등은 실제로 존재한다. 귀신은 안 나올지 몰라도 이런 폐건물에 함부로 들어갔다가는 사고를 당하거나 부상을 입을 수 있다. 폐건물은 말 그대로 버려진 건물이므로 안전조치나 관리가 되지 않은 채 오래 방치된 경우가 많기 때문이다. 폐병원이나 폐공장 같은 곳에서는 독성물질이나 병균에 노출될 수도 있다. 그리고 폐건물이 겉보기에는 버려져 있더라도 법적으로 타인의 사유물인 경우가 있는데, 이런 곳에 불법 침입하는 행위는 범죄다. 게다가 오밤중에 외지 사람들이 자꾸 드나들고 문제를 일으키면 주변에 거주하는 분들께 커다란 민폐다. 들어가지 말라면 들어가지 말자.

터널

나는 운전을 잘 못 하고, 밤 운전을 무서워한다. 경기도에 있는 어느 서점에 북토크를 하러 가게 되었는데 가는 도중에 왠지 깜깜한 산길에 접어들어 사방이 어두운 가운데 노란 중앙선만 보면서 덜덜 떨며 한참 운전했던 적이 있다. 북토크를 하면서 노란 중앙선만 한없이 나오는 귀신 얘기를 써보고 싶다고 했더니 관객분들께서 굉장히 기뻐하셨다. 그래서 그 이야기를 썼다. 북토크는 아주 재미있었고 서점은 무척 아늑하고 예쁜 곳이었다. 그냥 내가 밤 운전에 서투를 뿐이다.

터널도 마찬가지다. 내가 지금 사는 포항에서 다른 도시로 가려면 터널을 여러 개 지나야 한다. 개중에는 꽤 긴 터널도 있다. 밤에 터널을 지나야 할 일이 여러 번 있어서, 기회가 된다면 터널 괴담도 꼭 한번 써봐야겠다고 결심했다. 그런데 이야기를 쓰는 도중에 진짜로 터널에서 화재사고가 났고 인명 피해가 많았다. 포항에서 이동할 때 매번 터널을 지나야 하는 입장인 나에게도 언제든 일어날 수 있는 일이라 너무 무서운 소식이었다. 불의의 사고로 돌아가신 분들의 명복을 빌며, 부상당하신 분들의 쾌유를 기원한다. 그리고 같은 사건이 또 일어나지 않도록 터널 안전대책이 강화되기를 바란다.

푸른 새와 손수건

〈손수건〉 앞부분은 엄마 친구분의 어머니가 돌아가셨을 때 그 집에 실제로 일어났던 이야기다. 내 부모 세대, 그러니까 한국전쟁 직전에 출생해서 영유아 시기에 전쟁에서 살아남아 어른이 된 세대에서는 자녀를 편애하거나 학대하는 행위가 마치 부모에게 무조건 충성하는 아이를 키우는 요령인 양 여겨지는 경우가 꽤 있었던 것 같다. 눈에 보이게 때리거나 굶기는 것만 학대는 아니다. 부모의 편애나 차별은 형제자매 전체에게 깊은 상처를 남긴다. 그리고 그런 상처는 수십 년이 지나서 아무도 예측하지 못한 형태로 반드시 되돌아온다. 귀신 들린 손수건의 형태로 돌아올 가능성은 적겠지만, 대단히 흉하게 집안싸움이 날 가능성은 매우 커진다는 사실을 말씀드리고 싶다.

〈손수건〉을 쓰고 나서 그러면 이 손수건이 대체 어디에서 왔는지 궁리하며 자료 조사차 한국사 데이터베이스 웹사이트에서 삼국유사와 삼국사기를 읽었다. 그러다가 가야가 멸망했을 때 난민들이 신라로 피난 와서 겪었던 일들, 요즘 말로 하면 난민 차별, 이주민 차별에 대한 짧은 기록을 발견했다. 가야 출신 가족으로 아버지가 살해당하고 어머니와 아들만 남은 가족이 신라 고관대작의 집에서 지내게 되었는데, 집주인이 어머니에게 성폭력을 가하려 시도하는 과정에서 어머니는 죽고 아들이 도망쳤다가 나중에 돌아와 복수하는 이야기였다. 그 기록은 짧고도 강렬했고 삼국유사에서는 보기 드물게 기승전결이 분명한 무서운 이야기였다. 그런데 나중에 소설을 쓰면서 그 기록을 다시 찾아보려 하니 도저히 찾을 수 없었다. 그 기록을 다시 찾을 수 없다는 사실마저도 이야기의 성격에 매우 잘 어울린다고 생각했다.

가야는 대략 6세기에 멸망했다. 나는 가야 유민의 수난과 복수의 이야기를 21세기에 읽었다. 약자의 울분과 원한은 의외로 깊고 강하게 후대에 전해지는 것인지도 모른다.

원한의 귀신 이야기

"전설의 고향" 등속의 귀신 이야기에서 단연코 돋보이는 주인공은 처녀 귀신, 그리고 주제는 원한이다. 한국인이 어쩌다가 원한의 민족이 되었는지에 대해서는 전혜진 작가의 《여성, 귀신이 되다》라는 책에 잘 설명되어 있다. 그런데 나는 피해자가 죽은 뒤에도 귀신이 되어 계속 구천을 떠돌면 너무 불쌍하다고 생각한다. 가해자는 자기 자신의 비뚤어진 사고

방식 때문에 스스로 수렁에 빠지고, 피해자는 평안을 찾았으면 좋겠다.

이러한 '한의 정서' 중심의 귀신 이야기에 익숙해 있는 한국인으로서 귀신 얘기를 쓸 때 나의 문제는 교훈적인 결론으로 흐르고 싶지 않다는 것이었다. 무서운 귀신 얘기를 장편 분량으로 쓰는 것은 생각보다 아주 어려운 일이다. 공포 이야기나 괴담이 무서운 이유는 알 수 없는 것, 사람이 완전히 이해할 수 없는 세계에 대해서 다루기 때문이다. 알 수 없고 이해할 수 없는 것에 대해서 길게 써봤자 알 수 없으니까 점점 재미없어질 뿐이다. 귀신 얘기를 길게 쓰려면 결국은 그 귀신이 어째서 귀신이 됐는지, 무슨 일이 일어났는지 파헤치는 추리의 요소가 들어가거나, 같은 불운한 사건이 또 일어나지 않게 막으려고 주인공(들)이 애쓰는 스릴러의 요소가 들어갈 수밖에 없다. 나는 추리소설이나 스릴러가 아니라 진짜 귀신 얘기를 쓰고 싶었다. 그러다 보니까 짧은 이야기들이 모인 형태가 되었다. 연구소의 방마다 돌아다니는 기분으로 읽어주시면 좋겠다.

한밤의 시간표

포항에 처음 정착한 때는 팬데믹이 아직 물러가지 않은 2021년이었다. 포항 시외버스 터미널에는 심야버스 매표소가 따로 있다. 포항은 항구도시이다 보니 예전부터 외국인이 다양하게 많이 드나드는 곳이라 시외버스 터미널에도 여러 안내판이 영어로 붙어 있다. 심야버스 매표소에는 야간버스 운행시간표 위에 "MIDNIGHT TIMETABLE"이라는 안내문이 적혀 있었다. 나는 그 두 단어가 어쩐지 매우 시적이고 신비롭게 느껴져서, 저 표현을 어딘가에 꼭 쓰고 싶다고 생각했다. 그래서 이 책의 제목은 '한밤의 시간표'가 되었다.

재미있는 귀신 이야기를 마음껏 쓸 기회를 주신 퍼플레인에 감사드리며, 교정지 검토도 늦고 작가의 말도 늦게 썼는데 참고 기다려주신 편집자님께 심심한 사과의 말씀을 전한다. 독자님들이 괴담 프로그램을 보듯 마음 편하게 즐겨주시면 좋겠다.

2023년 4월

정보라 드림

작품 해설

연구소에 밤이 오면

박혜진 문학평론가

기묘한 연구소

정보라 작가의 소설을 읽으면 어린 시절 텔레비전에서 여름만 되면 납량특집이라는 이름으로 방영했던 〈전설의 고향〉을 볼 때나 친구들끼리 숨죽이며 돌려 보았던 공포 소설을 읽을 때처럼 으스스한 기분에 몸이 먼저 반응하고는 합니다. 생각해보면 조금은 이상한 일입니다. 정보라 작가의 소설에는 이른바 귀신류의, 인간과는 확실히 구분되는 이질적인 형상이 나타나는 것도 아니고 믿을 수 없는 일로서 전설이 되어버린 특별한 사건이 벌어지는 것도 아니기 때문입니다. 그럼에도 저는 정보라 작가의 소설들을 읽으며 모골이 송연해지거나 등골이 오싹해지는 경험을 하고, 그 순간에는 뒤를 돌아보는 것이 무서울 만큼 몸이 경직되는 듯한 느낌에 사로잡히기도 합니다. 과장이 아닙니다. 실은 이 글을 쓰고 있는 지금도요. 아무래도 정보라 작가의 소설에 내재된 공포가 잠자고 있는 저의 불안을 깨우기 때문인 것 같습니다. 불안의 실체가 무엇인지 생각해보는 것은 정보라 소설의 심연에 다가가는 일이기도 하거니와, 우리가 함께 체험한 공포를 규명해보는 일이기도 할 것입니다.

이번 소설집에 수록된 소설은 모두 일곱 편입니다. 일곱 편의 소설을 순차적으로 읽어나가는 동안 우리는 두 가지 사실을 알 수 있습니다. 이야기들의 배경이 하나같이 연구소라는 사실과, 각각의 이야기가 연구소를 중심으로 조금씩 이어져 있다는 사실입니다. 그렇다면 우리는 먼저 연구소라는 배경에 대해 이야기해볼 수 있겠지요. 소설 속 연구소에 대해 이야기하기에 앞서 일반적인 연구소에 대해 먼저 짚어보면 좋겠습니다. 연구소는 인간의 지성과 이성, 한마디로 계몽된 인간성을 상징하는 공간입니다. 과학적이고 이성적이며 논리적인 사고가 지배하는 곳이지요. 연구소가 무엇인지 궁금한 독자들은 사전적 정의를 찾아볼 수도 있겠습니다. 사전적 정의에 따르면 연구소는 특정한 사상을 지배하고 있는 미지의 사실이나 법칙을 과학적 방법으로 발견하는 곳입니다. 그로써 연구소는 새로운 현상과의 관계를 정립하고 설명하며 적용하는 거점으로 기능합니다. 한마디로 연구소는 학문의 공간으로, 이성적이고 합리적인 존재로서의 인간에 대한 가장 강력한 증거라고도 할 수 있을 것입니다.

그러나 연구소는 무엇을 하는지 알 수 없기 때문에 무서운 공간이기도 합니다. 실제로 연구소라는 공간은 많은 서사물에서 악의 공간이자 비판의 대상으로 자주 등장해왔습니다. 우리는 자신의 가설을 입증하고 목적에 도달하기 위해 인간을 실험용 도구로 활용하는 이야기를 통해 연구소라는 공간에서 인간의 이성이 살상 무기로 변해가는 과정을 지켜보았습니다. 〈매트릭스〉에서 〈기묘한 이야기〉까지, 그야말로 수많은 연구소가 지금 제 머릿속을 지나가고 있습니다. 연구소의 목적과 연구 방식은 각기 달랐지만 그곳에서 이뤄지는 일들의 핵심에는 인간 지성에 대한 깊은 회의가 자리하고 있습니다. 연구소의 사전적 정의가 '낮'을 배경으로 이루어진다면 연구소의 문학적 정의는 '밤'에 이루어집니다. 《한밤의 시간표》에 등장하는 연구소는 밤이 오면 그제야 존재하기 시작하는 비존재들의 장소입니다. 모두가 잠든 시간에 깨어나는 사물들과 사람들의 이야기를 통해 이성과 합리, 과학과 지성의 서사로는 감당할 수 없는 이야기가 시작됩니다.

귀신 들린 물건들을 모아놓은 연구소에서 한밤의 시간표에 따라 존재하거나 존재하지 않는 복도를 돌며 반복적으로 잠긴 문들을 확인하는 이 일은 찬이 이른바 '정상적'이라는 사람들과 지나치게 접촉하지 않으면서도 경제활동을 하고, 아주 최소한이나마 사회활동을 하고, 일과를 정해 움직이고, 생활의 규칙과 질서를 조금씩 다시 정리해나가는 첫걸음이었다.

—23쪽, 〈여기 들어오시면 안 됩니다〉

공포심을 유발하는 소설의 주된 배경이 인간 이성과 지성의 상징이라고 할 수 있는 연구소라는 사실은 연구소로 대표되는 인간 지성과 이성에 대한 근본적인 불신과 불안을 드러냅니다. 귀신 들린 물건들을 모아놓았다는 콘셉트가 이미 연구소의 보편적 의미와 배치된다는 점에서 《한밤의 시간표》 속 연구소는 연구소에 대한 불신을 말하고 있습니다. 〈여기 들어오시면 안 됩니다〉에 따르면 소설 속 연구소는 "귀신 들린 물건들을 모아놓은" 곳입니다. 이곳에서 순찰직을 맡아 일하고 있는 사람들은 "한밤의 시간표에 따라 존재하거나 존재하지 않는 복도를 돌며 반복적으로 잠긴 문들을 확인"합니다. 사회의 소수자에 해당하는 사람들이 이른바 '정상적'인 사람들과 최소한으로 접촉하면서도 경제활동을 할 수 있고, 미약하게나마 사회활동을 하며 생활을 영위해갈 수 있는 공간이기도 하지요. 이곳에서 무탈하게 일하기 위해서는 명심해야 할 것이 있습니다. "그냥 없는 척, 모르는 척해야" 한다는 것입니다. 보고도 못 본 척, 알아도 모르는 척하는 시간을 통해 "도망친 이야기"들이 돌아오기 시작합니다. 이야기들은 어떻게 돌아올까요?

그들이 돌아오는 방식

> "무서운 이야기 좋아해요?"
> 선배가 물었다. 처음 출근한 밤이었다. 나는 고개를 끄덕였다.
> 이것은 선배가 처음 해준 이야기이다.
> — 49쪽, 〈손수건〉

도망친 이야기들이 돌아오는 길을 만들기 위해 작가는 적어도 세 가지 흥미로운 방식을 제시합니다. 첫 번째는 입에서 입으로 전해지는 구전의 활용입니다. 《한밤의 시간표》에 수록된 소설들은 대체로 액자식 구성을 취하고 있습니다. 화자가 연구소에 전해져 내려오는 이야기를 듣게 되는 것이 이야기의 발단이고, 이야기는 사람에게서 사람에게로 전해지는 고전적인 방식을 취하고 있습니다. 구전으로 전해진다는 형식은 그 자체로 강렬한 메시지가 됩니다. 연구소가 상징하는

'기록'과 정확히 배치되는 방식이기 때문입니다. 그런데 이런 이야기 구조야말로 독자들에게는 공포를 자극하는 방식으로 작용합니다. 이야기의 주인공이 누구인지, 혹시 지금 이 이야기를 들려주는 사람은 아닌지, 이야기가 진행될수록 근원적인 모호함은 배가되는 탓입니다. 더욱이 이야기는 끊임없이 변형되면서 이야기하는 사람의 의식을 반영합니다. 과거의 이야기라고 하지만 전해지는 과정에서 끊임없이 현재적으로 각색된다는 점에서 결코 과거의 이야기가 아닌 셈이지요.

> 부소장님은 여러 가지 일거리를 찾다가 점을 쳐보라는 얘기를 들었다. (…) 타로카드, 사주, 토정비결 같은 유행하는 점술을 배워서 젊은 사람들이 많이 다니는 곳에서 노점을 하면 장사가 된다더라, 아는 아줌마가 그렇게 돈 벌어서 오피스텔을 샀다고 부소장님의 전 동료가 진지하게 말했다.
>
> — 133쪽, 〈양의 침묵〉

두 번째 방식은 적재석소에 등장하는 무속적 요소들입니다. 이때의 무속이란 신내림을 받은 무당의 등장도 아니고 그들을 중심으로 전개되는 종교현상이나 민족에 깊이 뿌리내리고 있는 형상과도 거의 무관합니다. 오히려 소설 속 무속은 지극히 상업적인 비즈니스 모델로서 우리 앞에 제시됩니다. 그러나 실질적인 힘을 발휘한다는 점에서 무속적인 요소들이 우연히 등장한 소재 이상의 의미를 지니고 있다는 것을 인정할 수밖에 없습니다. 〈양의 침묵〉은 공장에서 일하다 기계에 손가락이 눌려 오른손 손가락 네 개를 잃어버린 부소장이 먹고살기 위한 방편으로 사주 타로를 배워 수의과대학 인근 고시원에서 지내며 학교 일대 학생들에게 점을 봐주며 살아가는 사연입니다. 그런데 어느 날 밤 부소장의 고시원으로 상처 입은 양 한 마리가 찾아옵니다. 작디작은 고시원 방에서 상처 입은 두 존재가 같이 잠들어 있는 장면을 어떻게 잊을 수 있을까요? 연구실에서 실험용으로 쓰인 양들의 모습을 본 부소장과 그런 부소장을 찾아온 양. 이후 부소장은 점을 보기 위해 자신을 찾아온 사람들에게 양이 하는 말을 대신 하고 양이 듣고 싶은 말을 들려줍니다. 신 들린 무당이 아니라 양 들린 무당이 된 셈이지요.

부소장은 타로 점을 보러 온 학생들로부터 수의과대학 뒤에 있는 고시원 자리에 옛날에 죽은 실험동물들의 시체를 묻는 구덩이가 있었다는 소문을 듣게 됩니다. 그 이야기들이 사실이라면 부소장의 방은 죽은 양이 묻힌 곳일지도 모릅니다. 양이 손님이 아니라 자신이 양을 찾아온 손님이 될 수도 있겠지요. 물론 동물의 유령이 떠돌아다닌다는 식의 이야기들은 학교 괴담이나 도시 괴담 같은, 얼마간은 농담 같은 이야기일지도 모릅니다. 하지만 도박에 중독된 남편 때문에 오랜 시간 쌓아왔던 가족 관계는 부서지고 손을 다쳐 사주, 타로라는 "사기" 행위로 돈을 벌어야 할 만큼 궁지에 몰린 부소장에게 나타나 한시절 그와 함께한 존재가 인간에 의해 실험 대상이 되어 상처 입은 양이라는 사실은 쓸쓸한 그들의 영혼이 만나야 하는 필연적 이유가 있다는 것을 암시합니다. 부소장과 양은 서로를 이해해줄 수 있는 유일한 관계입니다. 그들은 연구소를 배회하는 소외된 존재들입니다.

> 어느 밤에 갑자기 부소장님은 문을 열었고 그곳에 여기저기 붉은 수술 자국이 드러난 양이 한 마리 서 있었다. 부소장님은 아무 의심도, 한 치의 두려움도 없이 양을 방 안으로 들어오게 했다. 양은 아무 소리도 내지 않았다. 그리고 부소장님은 고시원 방을 가득 채운 조그만 침대에 다시 누웠다. 양은 침대 옆의 좁은 방바닥에 하얗고 동그랗게 엎드려 조용히 잠들었다.
> — 139쪽, 〈양의 침묵〉

〈저주 양〉에 이르면 연구소가 떠나지 못한 자들이 배회하는 죽음의 공간이라는 사실은 조금 더 선명해집니다. 괴기현상이나 심령체험 등을 주제로 하는 동영상 채널을 운영하는 DSP는 관련 콘텐츠를 올릴 생각으로 연구소에 위장 취업합니다. DSP는 선배로부터 안내사항을 전해 듣지만 그 모든 정보가 그에게는 동영상에 추가할 수 있는 흥미로운 대사로 들리죠. 그러나 운동화를 훔친 뒤 다시 제자리에 가져다 놓을 수 없을 정도로 연구실의 위치가 확인되지 않고, 급기야 그는 이상한 전화를 받게 되는데, 전화 속에서 상대방은 장례절차에 대한 사실을 반복적으로 확인합니다. 이렇듯 초자연적인 현상들은 공통적으로 연구소로 상징되는 이성과 합리에 기반한 질서들에 의문을 제기합니다. 저는 이 대범한 배치에서 위트와 풍자, 비판과 연민이 뒤섞이는 감정을 경험했고 이러한 복합적인 감정이야말로 우리가 정보라의 소설에서만 경험할 수 있는 섬세한 공포이자 대범한 풍자이며 사실적인 연민이라는 사실을 거듭 확인할 수 있었습니다.

다시 태어나는 방식

이 연구소는 죽음이 배회하는 곳일 뿐만 아니라 사물들이 각자의 사연으로 다시 태어나는 곳이기도 합니다. 〈햇볕 쬐는 날〉에서 우리는 연구소에 대해 좀 더 상세한 정보를 얻을 수 있습니다. 햇볕 좋은 날이 되면 연구소에서 보관하고 있는 물품들을 가지고 나와 햇볕에 말리는 것이 일상입니다. 그런 물품들 가운데 재킷이 있습니다. 그런데 볕을 쬔 재킷에서 구슬이 흘러나오고 유리 조각이 나옵니다. 재킷의 변화에서 우리는 연구소에 대한 중요한 사실 하나를 추측할 수 있습니다. 연구소에서 보관하는 물건들이 '사물'에 그치지 않는다는 것입니다. 생명 없는 사물이라고도 할 수 없고 살아 있는 생명이라고도 할 수 없는 각각의 '그것'들이 보존되어 있는 기묘한 장소. 연구소에서 이 사물들을 보존하는 이유는 사물들이 다시 태어남으로써 사물들의 이야기가 다시 태어날 수 있기 때문입니다. 새로운 이야기로의 탄생은 도망친 이야기들이 돌아오는 세 번째 방식입니다.

실제로 사물들은 자기만의 서사를 얻어 나갑니다. 연구실 302호에 있는 손수건은 곳곳에서 등장합니다. 〈손수건〉에서 '작은아들'이 찾아 헤매다 급기야 미쳐버린 그 손수건을 기억하시겠죠? 어머니로부터의 지극한 편애 속에서 모든 것을 소유한 채 성장한 작은아들은 어머니가 죽기 전에 자신과 함께 묻어달라고 한 손수건을 갖는 문제에 혈안이 됩니다. 사실 손수건은 그와 아무런 상관도 없을 뿐만 아니라 그에게 의미

있는 물건도 아닙니다. 그런데 왜 그렇게 손수건에 집착할까요? 가지고 싶은 것을 다 가졌던 그였기에 가질 수 없다는 사실 그 자체가 그 손수건을 갖고 싶게 만듭니다. 소유하기 위한 소유인 것이지요. 독자들은 〈푸른 새〉에서 그 손수건과 재회합니다. 단지 소유의 대상이었던 손수건은 〈푸른 새〉에서 멸망한 나라에서 사라진 집안의 마지막 후손임을 증명하는 징표로 등장하는 동시에, 그 손수건이 있었던 탓에 거기 수놓인 형태와 동일하게 수를 놓아 집안을 건사할 수 있었다는 점에서 생계의 수단이 됩니다. 한 장의 손수건이 소유를 위한 집착의 대상이자 핏줄에 대한 증거인 동시에 생계의 수단으로 기능하며 변주되는 내내 변하지 않는 사실은 가족이라는 낡은 이념입니다.

이야기들이 거듭되며 손수건의 의미가 되살아나는 일의 중요성은, 그 가운데 변하지 않는 이야기의 변화야말로 우리가 기다리고 있는 변화이며 아직 돌아오지 않은 이야기라는 사실을 상기하게 하기 때문입니다. 〈손수건〉에서 작은아들의 세 번째 아내는 서로의 이해관계를 위해 결혼한 사람으로, 돌봄을 제공하는 대가로 안정적인 재산을 나누어 받을 수 있을 줄 알았지만 그것이 요원하다는 것을 알고 그를 떠날 계획을 합니다. 〈푸른 새〉에서 딸은 가장으로서 생계를 책임지는 동시에 자신을 겁탈하려는 남자로부터 스스로를 지킬 수 있는 것이 자신의 노동밖에 없습니다. 이러한 사실은 가정 내 가장 취약한 위치에서 안팎으로 착취당하는 딸, 며느리, 엄마, 손녀의 가혹한 운명을 보여줍니다. "가장 만만한 구성원의 피와 골수를 빨아먹어야만 가족이라는 형태가 유지된다"는 서술처럼 여성이 노출된 노동과 폭력의 역사를 통해 가족의 역기능을 증언합니다.

> 그렇게 집안의 모든 문제는 구정물처럼 아래로 아래로 흘러 떨어져서 그 집안 모든 사람에게 가장 만만한 존재 위에 고이고 쌓였다. 대부분의 경우 마지막에 그 구정물을 감당하는 사람은 취약한 위치에 있는 여성이었다. (…) 가장 만만한 구성원의 피와 골수를 빨아먹어야만 가족이라는 형태가 유지된다. 그렇게 모든 역기능 가족은 비슷한 형태로 역기능적이다.
>
> — 132쪽, 〈양의 침묵〉

〈고양이는 왜〉에는 죽은 친구의 부인과 만나며 충만감을 느끼고 필요에 의해 그녀를 죽이는 동시에 자신의 죄를 알고 있는 아들마저 죽음에 이르게 했다는 의혹을 받으며 오롯이 혼자가 되는 남자가 등장합니다. 누구도 그의 죄를 묻지 않고, 그가 죽인 사람의 삶과 죽음에 오랜 관심을 가지지 않습니다. 그러나 그의 죄는 사라지지 않습니다. 소설 속에서 그의 아들은 어쩐 일인지 그가 한 모든 일을 알고 있는 듯합니다. 이야기는 어떻게 다시 살아나는 것일까요.

연구소의 낮에는 이런 이야기들이 잠을 잡니다. 그러나 연구소의 밤에는 이런 이야기들이 깨어납니다. 눈에 보이지 않는 사람들과 믿을 수 없을 만큼 고통받는 사람들은 기록의 언어가 아니라 기억의 언어로 살아남습니다. 본 것을 못 본 척하고 아는 것을 모르는 척하는 순간에도 기억은 계속됩니다. 우리는 우리의 불안을 자극하는 공포 속에서 이 소설들을 읽게 되지만 공포 너머의 진실과 마주하는 순간 이것이 단지 무서운 경험만은 아님을 알 수 있습니다. 《한밤의 시간표》가 미지의 죄를 탐문함으로써 인간에 대한 가설을 증명하는 또 하나의 연구소, 이른바 '인간 연구소'라는 사실을 거듭 확인하면서 말입니다.

추천의 말

이 책을 펼친 순간, 내 시간은 모두 사라졌다. 끝날 듯 끝나지 않는 저주. 운명의 그물에 포획된 사람들. 발버둥 칠수록 더 깊은 수렁으로 끌려 들어가는 마음. 헤매고 또 헤매는 인생. 아, 인간들이란 어쩌면 이렇게 어리석고 탐욕스러울까. 어떻게 이렇게까지 의연하고 단호할 수 있을까. 정보라의 문장을 들여다보고 있노라면 그런 생각이 든다. 인간의 삶 자체가 한 편의 괴담이 아닐까. 결말을 알 수 없는, 한없이 이어지는 스산하고 아름다운 이야기. 잊고 싶어도 잊을 수 없는 소문. 아무래도 한동안 잠을 설칠 것 같다.

상화길 소설가

추천의 말

부조리한 사회에 대한 예리한 통찰과 민담을 구술하는 듯한 막힘없는 전개에 내내 책에서 눈을 뗄 수 없었다. 정보라 작가의 괴담은 기이하며 신령하다. 죄 없이 핍박받는 민초를 위한 씻김굿이다. 현실에서 위안받지 못한 이들에게, 실체 바깥에서 날갯짓하며 내려와 서린 한을 풀어주고 간다.

김보영 소설가

리미티드 스페셜 에디션

한밤의 시간표

초판 1쇄 발행 2025년 10월 30일

지은이 정보라

펴낸이 박선경
기획·편집 이유나, 지혜빈, 민석홍, 연사랑
마케팅 박언경, 김경률
디자인 studio forb
제작 공간코퍼레이션
작가 전속에이전시 그린북 에이전시

펴낸곳 도서출판 갈매나무
출판등록 2006년 7월 27일 제395-2006-000092호
주소 경기도 고양시 일산동구 호수로 358-39 (백석동, 동문타워 I) 808호
전화 (031)967-5596
팩스 (031)967-5597
블로그 blog.naver.com/kevinmanse
이메일 kevinmanse@naver.com
트위터 twitter.com/purplerain_pub
인스타그램 www.instagram.com/purplerain.pub

ISBN 979-11-91842-93-7 (04810)
값 19,000원

'퍼플레인'은 도서출판 갈매나무의 장르소설 전문 브랜드입니다.
배본, 판매 등 관련 업무는 도서출판 갈매나무에서 관리합니다.

* 잘못된 책은 구입하신 서점에서 바꾸어드립니다.